El Alimento de los Dioses

Libro 1

Por

H. G. Wells

LIBRO PRIMERO

LA ALBORADA DEL ALIMENTO

CAPÍTULO I

EL DESCUBRIMIENTO DEL ALIMENTO

I

Hacia mediados del siglo XIX empezó a abundar en este extraño mundo nuestro cierta clase de hombres, hombres tendientes en su mayor parte, a envejecer prematuramente, a los que se denominó, y muy adecuadamente por cierto, aunque a ellos no les guste el término, «científicos». Les desagrada tanto esa palabra, que en las columnas de Nature, que fue ya desde el principio su revista más distintiva y característica, ha quedado cuidadosamente excluida, como si fuera… aquella otra palabra que constituye la base del mal gusto en este país. Pero el gran público y su Prensa lo saben mejor que nadie, y como «científicos» quedan, ya que cuando de algún modo salen a la luz pública lo menos que se les llama es «distinguidos científicos», y «científicos eminentes», y «famosos científicos».

Y tal calificación merecieron por cierto tanto el señor Bensington como el profesor Redwood, aún mucho antes de dar con el maravilloso descubrimiento que relata esta historia. El señor Bensington era miembro de la Royal Society y expresidente de la Chemical Society.

Redwood era profesor de Fisiología en el Bond Street College de la Universidad de Londres, y había sido groseramente calumniado por los antiviviseccionistas en diversas ocasiones. Ambos habían disfrutado en vida de la distinción académica, ya desde su juventud.

Tenían, como es natural, un aspecto poco distinguido, como es corriente en los verdaderos científicos. Cualquier actor dramático tiene modales más distinguidos que todos los miembros de la Royal Society. El señor Bensigton era de corta estatura y calvo, muy calvo, y además algo encorvado. Llevaba lentes con montura de oro y botas de lona con numerosos cortes a causa de sus callos. El profesor Redwood era de aspecto vulgar y ordinario. Hasta que tuvieron la suerte de dar con el Alimento de los Dioses (como debo persistir en llamarlo) llevaron ambos una vida de eminente y estudiosa oscuridad que es difícil poder encontrar algo que pueda llamar la atención del lector.

El señor Bensington había ganado las espuelas de caballero (que se avenían mal con sus botas de lona agujereadas) con sus espléndidas investigaciones sobre «los alcaloides de mayor toxicidad», y el profesor Redwood había alcanzado la eminencia, ¡no me acuerdo cómo ni por qué! Lo que sé es que era muy famoso, y eso es todo. Me parece que en este caso debió su fama a una obra muy voluminosa sobre los Tiempos de Reacción, con numerosas láminas de gráficas esfigmográficas (escribo esto sujeto a ulterior corrección), y valorada por una admirable y nueva terminología.

El público en general pudo ver en pocas ocasiones, o en ninguna, a estos dos caballeros. A veces, en ciertos lugares, tales como en la Royal Institution, o en la Society of Arts, el público pudo, hasta cierto punto, ver a Bensington, o, al menos, su sonrosada calvicie, y algunas veces hasta su cuello y su chaqueta, y pudo oír fragmentos de alguna conferencia suya que él se imaginaba estar leyendo de una manera comprensible. En una ocasión, me acuerdo —era un mediodía del pasado ya desvanecido— la British Association estaba aún en Dover, discutiendo sobre la sección C o D u otra letra parecida, en cierta taberna que había tomado como sede, y yo, siguiendo a dos señoras de aspecto serio y cargadas de paquetes, por simple curiosidad me metí por una puerta sobre la cual se leía «Billares» y «Truco» y me encontré sumido en una escandalosa oscuridad, interrumpida sólo por el círculo de luz de una linterna mágica, en el que se veían los trazos de Redwood. Me quedé contemplando el lento pasar de las gráficas sobre el círculo luminoso, y escuché una voz, no recuerdo lo que decía, que supuse era la voz del profesor Redwood. Se escuchaba un siseo producido por la linterna, mezclado con otros ruidos que hicieron me quedara allí por simple curiosidad, hasta que inesperadamente se encendieron las luces. Y no fue hasta entonces que advertí que aquellos ruidos eran debidos a la masticación de panecillos, sandwiches y otras golosinas que los miembros de la British Association devoraban allí al amparo de la oscuridad.

Recuerdo que Redwood siguió hablando todo el tiempo que las luces permanecieron encendidas, señalando el sitio donde su diagrama debió haberse hecho visible en la pantalla... y así continuó, tan pronto como se restableció la oscuridad. Lo recuerdo como un hombre de tipo ordinario, moreno, algo nervioso, con ese aire de los hombres preocupados por algo ajeno al asunto que tratan, y que actúan siempre por un extraño sentimiento del deber.

También oí a Bensington una vez —en los viejos tiempos— en una conferencia educativa en Bloomsbury. Como la mayoría de los químicos y botánicos eminentes, Bensington era muy autoritario en las cuestiones de educación —estoy seguro de que se habría horrorizado de haber asistido a una clase de media hora en uno cualquiera de los colegios corrientes— y por lo que recuerdo se proponía mejorar el método heurístico del profesor Armstrong, de tal modo que, a costa de unos cuantos aparatos de un valor de tres a cuatrocientas libras esterlinas, con el abandono total de todo otro estudio y la atención constante de un maestro excepcionalmente dotado, un niño corriente, ni muy inteligente ni demasiado tonto, podría llegar a aprender, en el curso de diez o doce años, tanta química como se puede aprender en uno de esos desprestigiados libros de texto de un chelín que entonces eran tan corrientes…

Por lo que llevo dicho habrán comprendido que, aparte de su ciencia, ambos no eran más que unas personas vulgares. O, en todo caso, seres corrientes y poco prácticos. Y eso es precisamente lo que son los «científicos», como clase en todo el mundo. Lo que hay de notable en ellos constituye una molestia para sus compañeros colegas y un misterio para el público en general, y lo que no lo es, resulta evidente.

No hay ninguna duda referente a lo que no es notable en ellos, ya que no hay raza humana que se distinga tanto por sus obvias pequeñeces. Viven en un mundo mezquino de relaciones humanas; sus investigaciones requieren una atención infinita y una reclusión casi monástica, y lo que resta no es gran cosa. Cuando vemos a cualquiera de estos pequeños descubridores de grandes descubrimientos, de aspecto estrambótico, aire tímido, desgarbado, de cabeza cana, ridículamente adornado con la ancha cinta de alguna orden de caballería, ofreciendo una recepción a sus colegas, o leyendo los angustiosos párrafos de Nature ante «el menosprecio de la ciencia» cuando el ángel de los premios ha pasado de largo por la Royal Society, o por último escuchar cómo un infatigable liquenólogo comenta la obra de otro infatigable liquenólogo, son cosas que nos obligan a advertir la fuerza de la invariable pequeñez de los hombres.

¡Y, con todo, los escollos de la ciencia que estos minúsculos «científicos» han construido y están todavía construyendo es algo maravilloso, portentoso, lleno de misteriosas promesas aún informes para el potente futuro del hombre! ¡Parece como si no se dieran cuenta de las cosas que están haciendo! No existe duda de que tiempo atrás, hasta Bensington, cuando sintió aquella vocación, cuando consagró su existencia a los alcaloides y compuestos similares, tuvo un destello de la visión… o algo más que un destello. Sin semejante inspiración para alcanzar las glorias y posiciones que únicamente como «científico» pueden esperarse, ¿qué joven consagraría su vida a semejante obra, tal como lo hacen en realidad los jóvenes? No; todos ellos deben haber visto la gloria, tienen que haber tenido su visión, pero de tan cerca que los ha cegado. El esplendor los ha cegado, piadosamente, de modo que durante todo el resto de la vida puedan sostener las luces del conocimiento con tanta facilidad para que nosotros las podamos ver. Tal vez esto explique aquella sombra de preocupación en Redwood —ahora no puede haber la menor duda de ello—, ya que él era distinto a todos sus colegas, puesto que conservaba en los ojos algo de esa visión.

II

El nombre de Alimento de los Dioses con el que yo califico a esa sustancia que fabricaron entre los dos, Bensington y Redwood no es exagerado, teniendo en cuenta ahora todo lo que ya lleva hecho y todo lo que con toda seguridad va a hacer. Pero a Bensington se le habría ocurrido tanto llamarla así como salir de su piso de la calle Sloane ataviado con un manto de grana real y ceñidas las sienes con una corona de laurel.

La frase fue un simple grito de asombro. Fue él, quien en su entusiasmo, y durante una hora o más siguió repitiéndola sin parar. Después se dio cuenta de que se estaba comportando de un modo absurdo. Cuando se puso a pensar en lo que se le ofrecía a la vista, un panorama, como si dijéramos, de enormes posibilidades —literalmente de enormes posibilidades— tuvo que cerrar con resolución los ojos, después de una mirada de estupefacción, a aquella deslumbrante perspectiva, como debe hacer todo «científico» consciente. Después de todo, Alimento de los Dioses sonaba algo escandaloso, hasta indecente. Se encontró muy sorprendido de haber empleado semejante expresión. Y, no obstante, algo de aquel momento de clara visión caía sobre él e irrumpía de vez en cuando…

—En realidad, ¿sabe usted? —dijo frotándose las manos y riendo nerviosamente—, esto tiene un interés mayor que el teórico. «Por ejemplo —añadió, acercando su rostro al del profesor y bajando el tono de voz—, tal vez si el asunto se manejara adecuadamente, se vendería… precisamente, como alimento. O al menos como ingrediente de la alimentación».

«Admitiendo, naturalmente, que tenga buen sabor. Cosa que no podremos saber hasta que hayamos hecho el preparado».

Se volvió hacia la alfombrilla de la chimenea, y contempló los cortes estratégicamente dispuestos de sus botas de lona.

—¿Nombre…? —dijo levantando la vista, como si respondiera a una pregunta—. Por mi parte me inclino a una sugestiva alusión clásica. Esto hace… hace a la ciencia más res… Le da unos matices de dignidad a la antigua. He pensado que… No sé si a usted le parecerá eso absurdo… Seguramente una pequeña fantasía puede permitirse de vez en cuando… Heracleoforbia. ¿Eh? ¿La nutrición de un posible Hércules? Ya sabe usted que podría…

«Claro que si usted cree que no…»

Redwood reflexionó con los ojos fijos en el fuego y no hizo objeciones.

—¿Le parece a usted bien?

Redwood movió la cabeza gravemente.

—Podría llamarse Titanoforbia, ¿sabe? Alimento de Titanes… ¿Prefiere usted el anterior?

«¿De veras no le parece a usted, tal vez, demasiado…?»

—No.

—¡Ah! ¡Cuanto lo celebro!

Y por esto le pusieron por nombre Heracleoforbia durante todo el período de sus investigaciones, y en su informe (informe que no llegó nunca publicarse a causa de los inesperados acontecimientos que trastornaron todos sus propósitos) está escrito invariablemente de este modo. Habían ya preparado tres sustancias similares antes de que descubrieran la que había sido prevista por sus especulaciones, y estas tres sustancias previas fueron llamadas Heracleoforbia I, Heracleoforbia II y Heracleoforbia III. Es, pues, la Heracleoforbia IV la que yo (insistiendo en el nombre original que le dio Bensington) denomino aquí el Alimento de los Dioses.

III

La idea fue de Bensington. Pero, como que le había sido sugerida por una de las contribuciones del profesor Redwood a los Anales Filosóficos, consultó con este otro caballero antes de llevar las cosas más adelante. Aparte el asunto, como investigación, tenía tanto de filosófico como de químico.

El profesor Redwood era uno de esos hombres de ciencia adictos en grado sumo a los gráficos y las curvas. Ya os habréis familiarizado —si pertenecéis a la clase de lector que yo espero— con la clase de artículo científico a que me refiero. Es un artículo sin pies ni cabeza, al final del cual aparecen cinco o seis diagramas plegados que al abrirse muestran unas peculiarísimas gráficas en zig-zag, elaborados relámpagos u otras líneas sinuosas e inexplicables llamadas «curvas alisadas» colocadas según las ordenadas y arraigadas en las abscisas…, y otras cosas parecidas. Os quedáis perplejos ante todo aquello durante un buen rato, con la sospecha de que no sólo sois vosotros los que no entendéis nada, sino que ni su mismo autor lo entiende. Pero, en realidad, lo cierto es que muchos de esos científicos comprenden perfectamente el significado de sus propios artículos. Es, sencillamente su forma de expresarlo lo que levanta el obstáculo entre ellos y nosotros.

Me inclino a creer que Redwood pensaba siempre en gráficos y curvas. Y después de su obra monumental sobre los Tiempos de Reacción (y aquí he de exhortar al lector no científico que aguante un poco más, ya que todo le parecerá luego tan claro como el agua), Redwood se puso a trazar curvas alisadas y esfigmograferías sobre el crecimiento, y fue precisamente uno de sus artículos sobre el crecimiento lo que realmente sugirió a Bensington su idea.

Hay que decir que Redwood había estado midiendo toda clase de cosas en pleno conocimiento: gatitos, perritos, girasoles, setas, alubias e (hasta que su esposa terminó con ello) incluso a su propio hijo, demostrando que el crecimiento no progresaba de un modo uniforme, sino a saltos y con intermitencias, y que, al parecer, no había nada que creciese de un modo uniforme y continuo, y por lo que él podía entrever, nada podía crecer de un modo uniforme y continuo; las cosas sucedían como si todo ser viviente tuviese que acumular una fuerza de terminada para poder crecer, creciendo entonces con vigor durante cierto tiempo, pero teniendo luego que esperar durante un período antes de que pudiese volver a emprender el crecimiento. Y con el lenguaje esotérico y altamente técnico propio de los verdaderos «científicos», Redwood insinuó que el proceso del crecimiento requería probablemente la presencia en cantidades considerables de alguna sustancia necesaria para la sangre, que se formaba únicamente con extremada lentitud, y que cuando esta sustancia se agotaba por el crecimiento, se remplazaba muy lentamente, y entretanto, el organismo tenía que aguardar. Comparó esta sustancia desconocida al aceite en la maquinaria. Un animal en crecimiento, sugirió, era muy parecido a una locomotora que puede moverse hasta una distancia determinada pero debe ser lubricada si se la quiere hacer andar más allá. («Pero ¿por qué no se la puede lubricar desde fuera?», preguntó Bensington al leer el artículo). Y todo esto, decía Redwood con la deliciosa inconsecuencia nerviosa propia de los de su clase, probablemente proyectaría una gran luz sobre el misterio de ciertas glándulas de secreción interna. ¡Cómo si estas glándulas tuvieran algo que ver con todo aquello!

En una comunicación ulterior Redwood iba aún más lejos. Trazó un gran número de diagramas iguales que trayectorias de cohetes, cuya intención venía a significar —si intención había— que la sangre de los cachorros de perro y de gato, así como la savia de los girasoles y el jugo de las setas durante lo que él llamaba la «fase de crecimiento», difería, en la proporción de ciertos elementos, de la sangre y la savia de los mismos organismos durante los días en que no estaban creciendo.

Y cuando Bensington, después de mirar los diagramas de lado y del revés empezó a advertir cuál era la diferencia, se sintió invadido de un grandísimo asombro. Porque, ¡lo que son las cosas!, la diferencia podía ser debida, con toda probabilidad, a la presencia de la misma sustancia que él había estado recientemente intentando aislar en sus investigaciones sobre aquellos alcaloides que más intensamente estimulaban el sistema nervioso. Puso el artículo de Redwood encima del atril patentado que se balanceaba, de un modo muy inconveniente por cierto, surgiendo del brazo de su sillón, se quitó los lentes con montura de oro, empañó los cristales y los limpió muy cuidadosamente.

—¡Por Júpiter! —exclamó el señor Bensington.

Luego se puso otra vez los lentes, se volvió hacia el atril patentado, que, al chocar con su codo, dio un coqueto chirrido y depositó el artículo con todos sus diagramas, arrugados y dispersos, en el suelo.

—¡Por Júpiter! —repitió el señor Bensington, doblando el estómago por encima del brazo del sillón con evidente desprecio para las costumbres de dicho mueble. Y viendo que el artículo quedaba todavía fuera de su alcance, no tuvo otro remedio que ir a gatas en su búsqueda. Fue al verlo en el suelo cuando se le ocurrió la idea de bautizarlo el Alimento de los Dioses…

Porque, vamos a ver, si él tenía razón y Redwood también, resultaba que inyectando o administrando la sustancia descubierta por él con la comida, se eliminaría la «fase de reposo», y el crecimiento se efectuaría de forma distinta.

IV

La noche siguiente de su conversación con Redwood, el señor Bensington apenas pudo pegar los ojos. En una ocasión pareció que iba a descabezar un sueñecito, pero fue sólo un momento, durante el cual soñó que había cavado un profundísimo pozo en la tierra, en el que vertía toneladas y más toneladas del Alimento de los Dioses, y la tierra se iba hinchando, hinchando cada vez más, y las fronteras de los países estallaban y la Royal Geographical Society se ponía a trabajar con gran ahínco, como un gran gremio de sastres, a fin de aflojar el cinturón del ecuador…

Aquello fue, naturalmente, un sueño absurdo, pero demuestra el estado de excitación mental a que llegó el señor Bensington y el valor real que prestaba a su idea, mucho mejor de lo que pudiera hacerlo cualquiera de las cosas que hacía o decía mientras estaba despierto y alerta. De otro modo, no lo habría mencionado, ya que, por regla general, no creo nada interesante que la gente vaya por ahí contándose sus sueños unos a otros.

Por una singular coincidencia, Redwood también tuvo un sueño la noche aquella, y este sueño fue así:

Era un diagrama trazado en líneas de fuego sobre un largo rollo abismal. Y él (Redwood) estaba de pie en un planeta, ante una especie de estrado negro, dando una conferencia sobre la nueva clase de crecimiento que se había hecho posible, en la Más que Real Institución de Fuerzas Primordiales.

Y él les estaba explicando, de una manera muy lúcida y convincente, que estos métodos tan lentos, hasta incluso tan retrógrados, quedarían en muy brevísimo plazo reducidos a métodos anticuados gracias a su descubrimiento.

Por supuesto que era ridículo. Pero también eso demuestra...

Que haya que considerar los dos sueños como significativos o proféticos, aparte de lo que he dicho categóricamente, es cosa que no se me ha ocurrido ni por un momento sugerir.

CAPÍTULO II

LA GRANJA EXPERIMENTAL

I

Bensington propuso en un principio poner a prueba la eficacia de su sustancia tan pronto como pudiera prepararla, en renacuajos. Siempre se prueban esta clase de elixires en renacuajos para empezar; para esto están precisamente los renacuajos. Y se pusieron de acuerdo en que fuera él quien dirigiera los experimentos y no Redwood, porque el laboratorio de éste estaba ocupado con el aparato de balística y los animales necesarios para realizar una investigación sobre las Variaciones Diurnas de la Frecuencia de las Embestidas del Ternero Joven, investigación que estaba dando unas curvas de un tipo muy anómalo y sorprendente, y, por otra parte, la presencia de peceras con renacuajos era extremadamente indeseable mientras esta investigación en particular estuviera en curso.

Pero cuando Bensington comunicó a su prima Jane algo de lo que tenía en mente, la mujer puso veto de inmediato a la importación de renacuajos, o cualquier género similar de animaluchos experimentales, dentro de su vivienda. Ella no tenía inconveniente alguno en que su primo utilizase una de las habitaciones del piso para sus experimentos de química no explosiva, porque aquello, en lo que a ella se refería, no tenía consecuencias; y lo autorizó para que instalara un hornillo de gas y un sumidero, y hasta un armario lleno de polvo, refugio de la tempestad semanal de limpieza a la que no quiso renunciar. Y como había conocido a algunas personas adictas a la bebida, consideraba el ahínco que él demostraba para alcanzar distinciones y honores en las sociedades científicas como un excelente sustitutivo para la otra forma, mucho más grosera, de depravación. Pero se mostró intransigente en no admitir bichos de esos que se «menean» cuando están vivos y «huelen» cuando están muertos. Dijo que eso era insalubre, que Bensington se hallaba algo delicado de salud, y... que era una tontería afirmar lo contrario. Y cuando Bensington intentó aclarar la enorme importancia de su posible descubrimiento, ella respondió que estaba muy bien, pero que si consintiese en que él ensuciara e infectara todo en el piso en que vivían (y eso era lo que sucedería) estaba segura de que él sería el primero en quejarse.

Bensington comenzó a andar de un lado para otro de la habitación sin hacer el menor caso de sus callos, y habló con su prima con gran franqueza e indignación sin obtener el menor resultado. Dijo que no admitía que se pusieran obstáculos al Avance de la Ciencia, y ella contestó que el Avance de la Ciencia era una cosa, y tener renacuajos en casa era otra; él arguyó que en Alemania podía darse por seguro que un hombre con una idea como la suya podría disponer inmediatamente de un laboratorio de más de seiscientos metros cúbicos de capacidad, a lo que ella respondió que estaba muy satisfecha y siempre lo había estado de no ser alemana; él dijo que aquello lo haría famoso para siempre, y ella contestó que lo más probable es que se pusiera enfermo si tenía que albergar en aquel piso un criadero de renacuajos; él afirmó que era el amo de casa y ella replicó que antes de tener que cuidar renacuajos iría a emplearse en una escuela; y él le pidió que fuera razonable, y ella le contestó que era él el que tenía que ser razonable y dejar de lado aquel enojoso asunto de los renacuajos. Y él opuso que ella debía respetar sus ideas, y ella aseguró que si apestaban, no, y entonces él perdió por completo los estribos y dijo, a pesar de las clásicas observaciones de Huxley al respecto, una palabrota. No de las peores, pero palabrota al fin.

Entonces ella se sintió gravemente ofendida y él tuvo que pedirle perdón, y el proyecto de poder probar el Alimento de los Dioses en los renacuajos y en su propio piso se desvaneció por completo entre las excusas.

Así Bensington tuvo que considerar otra manera de poner en práctica estos experimentos sobre la alimentación, necesarios para demostrar su descubrimiento, tan pronto como hubiese aislado y preparado su sustancia. Meditó durante algunos días la posibilidad de confiar el cuidado de sus renacuajos a alguna persona digna de toda su confianza, y luego, un buen día, al dar por casualidad con una frase en el periódico, sus ideas se enfocaron sobre la posibilidad de establecer una Granja Experimental y experimentar con pollos.

Apenas pensó en el asunto, imaginó que sería una granja avícola. Tuvo la visión de unos pollos creciendo desmesuradamente. Concibió la imagen de unos gallineros descomunales, y aún más descomunales todavía, creciendo fabulosa e ininterrumpidamente. Los pollos son tan accesibles, tan fáciles de alimentar y observar, tanto más secos para manejar y medir, que los renacuajos le parecían ya, comparándolos con los pollos, unas bestezuelas completamente salvajes e incontrolables. Se quedó muy perplejo, sin comprender cómo no había pensado desde el principio en pollos y en gallinas en vez de renacuajos.

Habría podido evitar el altercado con la prima Jane. Cuando se lo comunicó a Redwood, éste estuvo de acuerdo con él.

Redwood dijo también que él estaba convencido de que, al trabajar tanto sobre animaluchos innecesariamente pequeños, los fisiólogos experimentales cometían un gran error. Era como hacer experimentos de química con una cantidad insuficiente de material, pues los errores de observación y manipulación se hacen desproporcionadamente grandes. Era de una importancia extrema que los científicos hicieran valer sus derechos a que se les suministrarán grandes cantidades de material experimental. Era por eso que él estaba efectuando su serie de experimentos en el Bond Street College con los terneros, a pesar de ciertos inconvenientes para los estudiantes y profesores de otras asignaturas, a causa de la incidental veleidad de los terneros a escapar por los pasillos. Pero las curvas que obtenía eran excepcionalmente interesantes, y al ser publicadas, justificarán ampliamente su elección. Por su parte, si no fuese por el insuficiente equipamiento de la ciencia en el país, no trabajaría nunca por poco que pudiera, en animales inferiores a una ballena. Pero mucho temía que un vivero público en escala suficiente para hacer esto posible era actualmente, en este país al menos, un pedido utópico. En Alemania quizá…

Como los terneros de Redwood requerían su atención diaria, la selección y equipamiento de la Granja Experimental recayeron principalmente sobre Bensington. Los gastos fueron pagados, tal como se convino de antemano, por Bensington, al menos hasta que pudieran obtener una subvención. En consecuencia, Bensington, alternó su trabajo en el laboratorio de su piso con expediciones en busca de una granja, siguiendo las líneas que, partiendo de Londres, se dirigen hacia el sur, y sus escrutadoras gafas, su calvicie y sus cortajeadas botas de lona hicieron concebir a los numerosos propietarios de fincas indeseables vanas esperanzas. Y publicó un anuncio en varios diarios y en Nature, pidiendo una pareja (casada) responsable, puntual, activa y práctica en el cuidado de aves que quisiera encargarse de administrar una Granja Experimental de tres acres.

Encontró el lugar que parecía necesitar para la granja en Hickleybrow, cerca de Urshot, en Kent. Era un paraje extraño y aislado, situado en una hondonada rodeada de viejos pinares, que de noche se volvían negros y temibles. La irregular pendiente de una colina tapaba la vista del sol poniente, y un escuálido pozo junto a un ruinoso cobertizo empequeñecía a la casa. La casucha en cuestión aparecía pelada y desprovista de hiedra y de toda clase de verdor, algunas ventanas estaban rotas y el cobertizo proyectaba una sombra oscura incluso al mediodía. Estaba a milla y media de la última casa del pueblo, y su soledad quedaba muy dudosamente aliviada por una ambigua familia de ecos.

El lugar impresionó a Bensington, quien lo consideró eminentemente apto para los requerimientos de la investigación científica. Anduvo de un lado para otro, dibujando en el aire un gran número de gallineros y halló que la cocina era capaz de acomodar una serie de incubadoras con un mínimo de alteraciones. Se quedó con aquella granja de inmediato, sin pensarlo más. Al regresar a Londres se detuvo en Dunton Green y contrató a un matrimonio con buenas referencias que había contestado a sus anuncios, y esa misma noche consiguió aislar una cantidad suficiente de Heracleoforbia I, lo cual justificaba de sobras todos los compromisos contraídos.

La pareja escogida por el señor Bensington, que estaban destinados a ser, bajo su dirección, los primeros dispensadores sobre la tierra del Alimento de los Dioses, eran personas no solamente muy ancianas, sino también extremadamente sucias. Este último punto pasó desapercibido al señor Bensington, ya que nada destruye tanto las facultades de observación como toda una vida dedicada a la ciencia experimental. Se llamaban Skinner, señor y señora Skinner, y el señor Bensington los interrogó en un cuartucho con las ventanas herméticamente cerradas, un espejo lleno de manchas sobre la repisa de la chimenea y unas celceolarias enfermizas.

La señora Skinner era una vieja pequeñita, con la cabeza descubierta, dejando a la vista un sucio pelo cano aplastado apretadamente hacia atrás y enmarcando un rostro que había sido siempre, y ahora lo era todavía más, gracias a la pérdida de los dientes, al hundimiento del mentón y al encogimiento de todo lo demás, casi exclusivamente… una nariz. Llevaba un vestido de color de pizarra (si podía decirse que tenía algún color) remendado en algunos lados con lanilla roja. La mujer recibió al señor Bensington y le habló con cierta cautela, mirándolo por encima y alrededor de su propia nariz, mientras el señor Skinner, según dijo concluía de arreglarse. Tenía un solo diente y se apretaba nerviosamente las flacas y arrugadas manos. Explicó a Bensington que había tratado con aves de corral durante muchos años y que conocía muy bien las incubadoras. En realidad, ellos habían tenido, en otra época, una granja aviar que fracasó por falta de pupilos.

—Son los pupilos los que producen beneficios —dijo la señora Skinner.

Cuando Skinner hizo su aparición, se vio que era un hombre de rostro alargado, ceceante y bizco, con una mirada que le hacía desviar los ojos por encima de la cabeza de la gente. Llevaba unas zapatillas cortajeadas, cosa que le hizo simpático al señor Bensington. Exhibía una escasez manifiesta de botones que le obligaba a asir la chaqueta y camisa con una mano, mientras con el índice de la otra trazaba figuras sobre el mantel negro y dorado. Con el ojo suelto contemplaba, como si dijéramos, la espada de Damocles sobre la cabeza del señor Bensington, con expresión de triste indiferencia.

—¿Uzted no quiere dirigir eza granja para zacar provecho? ¿No? Ez igual, ceñor. ¿Ezperimentoz? ¡Bien!

Dijo que podían trasladarse a la granja en seguida. No estaba haciendo nada de particular en Dunton Green, aunque trabajaba un poco de sastre.

—Ezte pueblo no ez lo que yo creía, y lo que gano ez poco —dijo—, de modo que ci uzted quiere ya podemoz...

Al cabo de una semana, el señor y la señora Skinner ya se hallaban instalados en la granja, y el carpintero que había ido de Hickleybrow alternaba la tarea de levantar cobertizos y gallineros con una sistemática discusión acerca del señor Bensington.

—No lo he vizto mucho todavía —decía el señor Skinner—, pero por lo vizto de él me parece que ce trata de un eztúpido o de un imbécil.

—Ya me pareció a mí que estaba algo chalado —dijo el carpintero de Hickleybrow.

—Ce cree que zabe mucho de avez —prosiguió Skinner— ¡Ay, Dioz mío! ¡Ce diría que nadie entiende nada de avez de corral, fuera de él!

—¡Con esas gafas que lleva —dijo el carpintero de Hickleybrow— parece una gallina!

Skinner se acercó al carpintero de Hickleybrow y le habló confidencialmente, un ojo mirando, con tristeza el pueblo lejano y el otro brillante y taimado.

—Hay que tomar laz medidaz... todoz loz malditoz diaz, de todaz laz malditaz gallinaz. Para ver ci crecen bien. ¿Qué tal...? ¿Eh? Cada una de laz malditaz gallinaz todoz loz díaz.

Y el señor Skinner se tapó la boca con la mano para reírse de un modo refinado y contagioso, sacudiendo los hombros exageradamente. Sólo su otro ojo evitó de participar en el regocijo. Luego, por si el carpintero no hubiese visto la intención, repitió, con un penetrante susurro:

—¡Tomar laz medidaz!

—Está peor aún que nuestro viejo amo, y que me ahorquen si me equivoco —dijo el carpintero de Hickleybrow.

II

El trabajo experimental es lo más aburrido del mundo si exceptuamos los artículos sobre esa clase de trabajos en los Anales Filosóficos, y a Bensington le pareció que había transcurrido mucho tiempo desde que su primer ensueño sobre las enormes posibilidades implicadas fue reemplazado por una migaja de realidad. Se había hecho cargo de la Granja Experimental en octubre, y hasta mayo no consiguió los primeros indicios de éxito. Tuvo que probar las Heracleoforbias, I, II y III, que fueron rotundos fracasos, hubo dificultades con las ratas de la Granja Experimental y también hubo dificultades con los Skinner. La única manera de conseguir que Skinner hiciera algo de lo que se le había dicho era amenazarlo con el despido. Entonces se rascaba la barbilla sin afeitar —siempre estaba sin afeitar del modo más milagroso, puesto que nunca llegaba a brotarle la barba del todo— con la palma de la mano, y mirando al señor Bensington con un ojo y por encima de él con el otro, decía:

—¡Oh! ¡Claro, ceñor Bencington…, ci lo dice en cerio…!

Pero por fin surgieron los primeros indicios del éxito. Y su heraldo fue una carta escrita con la caligrafía alargada y esbelta del señor Skinner:

«La nueva pollada ha roto la cáscara, y no me gusta nada. Crecen con mucha lozanía, muy diferente de como era el último lote antes de que usted nos diera sus instrucciones recientes. El último de ellos, antes de que el gato lo cogiera, era un pollo hermoso y robusto, pero los de esta última cría crecen como cardos silvestres. Jamás vi nada igual. Picotean con tanta fuerza que perforan las botas de modo que no he podido tomar las medidas exactas, tal como usted me había pedido. Son verdaderos gigantes y comen como tales. Pronto necesitaremos más trigo, porque nunca se han visto gallinas que coman como estos polluelos. Son ya mayores que los Bantam. A este paso, serán aves de exposición, con lo lozanos que están. Los Plymouth Rock ni se podrán comparar con ellos. Anoche me llevé un susto creyendo que el gato iba a por ellos; cuando miré por la ventana hubiera jurado que vi al gato metiéndose por debajo del alambrado. Los polluelos estaban despiertos y picoteando hambrientos cuando salí a ver, pero del gato, ni rastro. Por lo tanto, les di un puñado de trigo y cerré con candado el gallinero. Desearía saber si la alimentación tiene que continuar según las instrucciones recibidas. La mezcla que usted hizo ya casi se ha terminado y yo no quiero hacer ninguna mezcla a causa del accidente del pudding. Con los mejores deseos por parte de nosotros dos, y esperando que continuemos en su aprecio, con todos los respetos, su fiel servidor.

ALFRED NEWTON SKINNER».

El accidente a que Skinner hacía referencia hacia el final de la carta se relacionaba con un pudding de leche al que accidentalmente se mezcló cierta cantidad de Heracleoforbia II, con resultados muy malos y casi fatales para los Skinner.

Pero Bensington, leyendo entre líneas, advirtió en aquel crecimiento tan notable la consecución del fin buscado. La mañana siguiente llegaba a la estación de Urshot con un saco en el que llevaba, herméticamente cerrada en tres latas, una provisión del Alimento de los Dioses suficiente para todos los pollos de Kent.

Era una clara y hermosa mañana de fines de mayo, y sus callos habían mejorado tanto, que resolvió ir andando a la granja, atravesando a pie Hickleybrow. Esto representaba, en conjunto, un paseo de tres millas y media a través del parque y del pueblo, y luego por las verdes cañadas de los vedados de Hickleybrow. Las ramas de los árboles estaban salpicadas con los brotes que la primavera, en toda su fuerza hacía surgir; los setos estaban llenos de alsines y collejas, y los bosques, de jacintos azules y orquídeas purpúreas; y por todas se oía el gorjeo de los pájaros: zorzales, mirlos, petirrojos, pinzones, y muchísimos más; y en un cátido rincón del parque iban creciendo los helechos y se oían los brincos y carreras de los ciervos moteados.

Todo esto hacía evocar a Bensington el recuerdo de su juventud y el ya olvidado gozo de vivir. Ante él, la promesa de su descubrimiento surgió clara y alegre, y le pareció que era realmente el día más feliz de su vida. Y cuando en el soleado cobertizo de la arenosa colina bajo la sombra de los pinos, vio los polluelos que se habían alimentado con la mezcla que él les había preparado, gigantescos y desgarbados, mayores ya que muchas gallinas adultas y con hijos; y creciendo todavía, aún con su primer y blando plumón amarillo (apenas mucado de marrón en el lomo), estuvo completamente seguro de que el día más feliz de su vida había llegado.

Ante la insistencia de Skinner, el señor Bensington entró en el gallinero, pero después de haber sido picoteado en las rajas de las botas dos o tres veces, volvió a salir, y se quedó observando aquellos monstruos a través del alambrado. Los miró embelesado, siguiendo con la vista todos sus movimientos como si no hubiese visto un pollo en toda su vida.

—Cómo cerán cuando hayan crecido del todo, ez coza que uno no puede imaginarce —dijo Skinner.

—Grandes como caballos —aventuró Bensington.

—Pocible —admitió Skinner.

—¡Una sola ala servirá de comida a varias personas! —exclamó el señor Bensington—. Y habrá que cortarlos en filetes, como la carne de la vaca:

—Pero no ceguirán creciendo de ezta forma —objetó Skinner.

—¿No?

—No —afirmó—. Ya conozco ezo. Empiezan primero muy lozanoz, pero luego ce eztancan.

Hubo una pausa.

—Zon loz cuidadoz nueztroz —dijo Skinner, modestamente.

Bensington enfocó los lentes sobre él, de repente.

—Teníamoz unoz caci tan grandez en el otro citio donde estuvimoz —dijo Skinner con su ojo bueno piadosamente elevado y cogiendo algo de confianza — yo y mi ceñora.

Bensington hizo su habitual inspección general del lugar, pero volvió rápidamente al gallinero. Aquello era, en verdad, mucho más de lo que se había atrevido a esperar. ¡El curso de la ciencia es tan tortuoso y lento! Después de las más claras promesas y antes de que pueda llegarse a la realización práctica, transcurren, por regla general, años y años de intrincados planes y preparativos… ¡y he aquí que el Alimento de los Dioses llegaba a la práctica después de menos de un año de pruebas! Parecía demasiado…, demasiado bueno. ¡Aquellas Esperanzas Aplazadas que constituyen el alimento cotidiano de la imaginación científica ya no lo obsesionarían más! Así, al menos, lo creía. Volvió otra vez al gallinero y se quedó de nuevo boquiabierto ante aquellos estupendos pollos de su creación.

—Vamos a ver —dijo—. Tienen diez días. Y, comparados con un polluelo ordinario, me imagino que serán… seis o siete veces más grandes…

—Ya ez hora que noz dé un aumento de zalario —dijo Skinner a su esposa —. Eztá contento como unaz pazcuaz por el modo como hemoz criado a aquelloz pollueloz de allá abajo… Eztá contento como unaz pazcuaz.

Se inclinó confidencialmente hacia ella y dijo, tapándose la boca con la mano:

—Cree que ce debe a ece alimento que lez da.

E hizo un ruido de risa reprimida en su cavidad faríngea…

Bensington fue verdaderamente un hombre dichoso aquel día. Estaba dispuesto a no encontrar faltas en ningún detalle avícola. El brillo de aquel día ponía de relieve más vivamente de lo que había podido notar hasta entonces, la acumulada suciedad y desidia de los Skinner. Pero sus comentarios fueron amabilísimos. Las cercas de varios de los gallineros estaban estropeadas, pero Bensington pareció considerar totalmente satisfactoria la explicación de Skinner, cuando éste le dijo que era a causa de «una zorra o un perro o algo ací». Bensington se limitó a indicar que no se había limpiado la incubadora.

—Muy cierto, ceñor —repuso Skinner con los brazos cruzados y sonriendo astutamente por debajo de la nariz—. No hemoz tenido tiempo de limpiarla dezde que vinimoz aquí…

Bensington se dirigió al piso superior para examinar los boquetes abiertos por las ratas, y que, a juicio de Skinner, reclamaban la colocación de trampas, ya que ciertamente eran enormes, y descubrió entonces que el cuarto en que el Alimento de los Dioses se mezclaba con la harina y el salvado estaba en un desorden lamentable. Los Skinner eran de esa clase de personas que siempre encuentran un uso para los platos rajados, las latas viejas, los tarros de conservas y los botes de mostaza; el lugar estaba sembrado de todo eso. En un rincón se pudría un montón de manzanas que Skinner había guardado Dios sabe para qué, y de un clavo en la parte inclinada del techo pendían varias pieles de conejo con las que Skinner intentaba poner a prueba sus dotes de curtidor.

(–Poco habrá en cueztión de pielez y otraz cozaz que yo no cepa —dijo Skinner).

Es muy cierto que Bensington resolló desaprobando aquel desorden, pero no armó ningún escándalo inútil, y hasta cuando notó una avispa regodeándose dentro de una vasija a medio llenar de Heracleoforbia IV, simplemente hizo observar con toda amabilidad que sería mejor cubrir aquella sustancia para evitar que quedase expuesta a la humedad del aire de aquel modo.

Luego, bruscamente, se volvió hacia Skinner para decirle lo que había estado barruntando desde hacía rato.

—Me parece, Skinner…, que voy a matar uno de esos pollos… como muestra. Creo que podremos matarlo esta tarde, después de comer, y me lo llevaré a Londres.

Hizo como si mirara dentro de otra vasija, se quitó los lentes y los limpió.

—Me gustaría —dijo—, me gustaría muchísimo tener una muestra… un recuerdo… de esta cría tan especial, en este día también tan especial. Y, a propósito no les dará usted carne para comer a estos polluelos ¿verdad?

—¡Oh! No, ceñor —replicó Skinner—. Ce lo aceguro, ceñor Bencington. Zabemoz demaciado bien cómo hay que criar a las avez de corral de todo género, para hacer una coza cemejante.

—¿Está usted seguro de no haber echado aquí las sobras de su comida? Me ha parecido ver unos huesos de conejo esparcidos en un rincón del gallinero…

Pero cuando fueron a mirar se encontraron con que eran los huesos, algo mayores, de un gato, limpios y secos.

III

—Esto no es un pollo —dijo Jane, la prima de Bensington—. Vamos me parece que sé distinguir un pollo de lo que no lo es. En primer lugar, es muy grande para ser un polluelo, y, además, cual-quiera puede ver que eso no es ningún pollo, vamos.

—Se parece más a una avutarda que a un pollo.

—Por mi parte —dijo Redwood de mala gana, permitiendo por esta vez que Bensington le arrastrara a la discusión—, debo confesar que, considerando toda la evidencia que tenemos.

—¡Oh…! Si se pone usted así —protestó Jane, la prima de Bensington—, en lugar de usar sus ojos como persona sensata…

—¡Pero, verdaderamente, señorita Bensington…!

—¡Oh! ¡Adelante! —exclamó la prima Jane—. Todos los hombres son iguales.

—Considerando toda la evidencia, este ejemplar ciertamente cae dentro de los límites de la definición… Sin duda alguna es un ejemplar anormal e hipertrofiado, pero aun así… teniendo en cuenta especialmente que salió del huevo de una gallina normal… Sí, creo señorita Bensington, que debo aceptar…, que, si hay que dar nombre a esto, se trata, de una especie de pollo.

—¿Quiere decir que es un pollo? —dijo la prima Jane.

—Creo que es un pollo —dijo Redwood.

—¡Qué tontería! —exclamó Jane, dirigiéndose a Redwood—. ¡Oh, acabará usted con mi paciencia!

Dio media vuelta bruscamente y salió de la habitación dando un portazo.

—Y es una gran satisfacción para mí también poder contemplar este ejemplar, Bensington —dijo Redwood cuando el eco del portazo se hubo amortiguado—. A pesar de ser tan enorme.

Sin previa invitación por parte de Bensington, Redwood se sentó en el bajo sillón junto al fuego y confesó cierto proceder que hasta en un hombre no científico habría sido indiscreto.

—Creerá usted que he obrado de un modo temerario, Bensington, ya lo sé. Pero lo cierto es que puse un poco… —no mucho— pero, en fin, algo de eso… en el biberón de mi hijo, hará cosa de una semana.

—Pero ¿y si…? —exclamó Bensington.

—Lo sé —murmuró Redwood, echando una ojeada al pollo gigante que estaba en una fuente sobre la mesa; y prosiguió, hurgándose el bolsillo, en busca de cigarrillos—: Todo ha salido bien, gracias a Dios.

En seguida se puso a dar detalles fragmentarios.

—El pobrecillo no aumentaba de peso… desesperadamente ansioso… Winkles es un solemne imbécil…, fue discípulo mío…, muy malo… la señora Redwood…, inquebrantable confianza en Winkles… Ya conoce usted el tipo, un hombre de esos con aire superior…, altanero y dominante… Ninguna confianza en mí, claro está… Le enseñé a Winkles… Casi ni podía entrar en el cuarto del niño… Había que hacer algo… Me deslicé allí mientras la niñera estaba desayunando… y cogí el biberón.

—Pero crecerá —dijo Bensington.

—Ya crece. Ochocientos diez gramos la semana pasada. Tendría usted que oír a Winkles. Son sus cuidados, dice.

—¡Mi querido! ¡Eso es lo que dice Skinner!

Redwood volvió a echar una ojeada al pollo.

—Lo peor es que no sé cómo seguir adelante —dijo—. No quieren dejarme solo en el cuarto del niño porque antes quise trazar la curva del peso de Georgina Phyllis —usted ya sabe— ¿y cómo voy a poder darle una segunda dosis?

—¿Es necesario?

—Hace dos días que llora sin parar… Ahora ya no quiere su comida ordinaria. Quiere algo más.

—Dígaselo a Winkles.

—¡Que lo ahorquen!

—Podría usted ir a Winkles y darle los polvos para que se los diera al niño…

—Eso será lo que me veré obligado a hacer, si me veo obligado —dijo Redwood, apoyando el mentón en el puño y mirando fijamente el fuego.

Bensington se quedó un rato alisando el plumón de la pechuga del pollo gigante.

—Serán unas aves monstruosas —afirmó.

—Lo serán —dijo Redwood sin apartar los ojos del fuego.

—Grandes como caballos —dijo Bensington.

—Mayores aún —dijo Redwood—. ¡Eso es lo que ocurrirá!

Besington se apartó del espécimen.

—Redwood —dijo—, estas aves van a causar sensación.

Redwood asintió, inclinando la cabeza hacia el fuego.

—¡Y por Júpiter! —dijo Bensington, volviéndose con un gran destello en sus lentes—. ¡También causará sensación su hijo!

—Esto es precisamente lo que estoy pensando —dijo Redwood.

Se reclinó, suspiró, arrojó al fuego su cigarrillo a medio consumir y metió profundamente las manos en los bolsillos del pantalón.

—Esto es precisamente lo que estoy pensando —repitió—. Esta Heracleoforbia será una sustancia muy difícil de manejar. ¡Al ritmo que este pollo ha crecido…!

—Un niño que crezca al mismo ritmo… —susurró lentamente Bensington, mirando al pollo mientras hablaba—. ¡Lo dije! —exclamó—. Será algo grandioso.

—Le administraré dosis cada vez más pequeñas —dijo Redwood—. O lo hará Winkles.

—Sería llevar demasiado lejos el experimento.

—Bastante lejos.

—Y, sin embargo, ¿sabe usted?, debo confesar que… tarde o temprano algún niño tenía que someterse a la prueba.

—Claro que lo probaremos en algún niño… ¡Seguro!

—Desde luego —aprobó Bensington, acercándose al fuego y quitándose los lentes para limpiarlos con el pañuelo.

—Hasta que vi a esos pollos no creo que me haya dado cuenta cabal, Redwood, de ninguna de las posibilidades que entrañaba lo que estábamos haciendo. Sólo ahora empiezan a asomar en mi mente las… posibles consecuencias…

E incluso entonces, Mr. Bensington estaba muy lejos de tener idea del revuelo que aquel experimento iba a provocar.

IV

Aquello sucedió a principios de junio. Durante unas semanas Bensington no pudo volver a visitar la Granja Experimental a causa de un severo catarro imaginario, y Redwood se vio obligado a hacer en su lugar una visita relámpago. Volvió hecho un padre muchísimo más preocupado de lo que estaba al ir. En conjunto habían transcurrido siete semanas de crecimiento progresivo e ininterrumpido…

Y entonces las avispas empezaron a entrar en funciones.

A finales de julio, fue muerta la primera de las grandes avispas, casi una semana antes de que las gallinas se escapasen de Hickleybrow. La información apareció en diversos periódicos, pero no sé si la noticia llegó a oídos de Bensington, y mucho menos si, en caso de que se enterase, la relacionó con el descuido general que prevalecían en la Granja Experimental.

Pocas dudas caben de que, mientras Skinner administraba a los pollos de

Bensington la Heracleoforbia IV, un gran número de avispas se hallaban trabajando casi industrialmente —o quizá más— en el acarreo de grandes cantidades de la misma pasta a sus primeras crías de verano en los bancos de arena, más allá de los pinares adyacentes. Y es indiscutible que aquellas precoces crías crecieron y se beneficiaron tanto de aquella sustancia como las gallinas de Bensington. Está en la naturaleza de la avispa que alcance la madurez efectiva antes que el ave del corral, y, en realidad, de todas las criaturas que compartían, gracias al generoso descuido de los Skinner, los beneficios que Bensington había querido verter sobre sus gallinas, las avispas fueron las destinadas a ser las primeras en hacer ruidoso acto de presencia.

Fue un guardabosque llamado Godfrey, empleado en la hacienda que el teniente coronel Rupert Hick poseía cerca de Maidstone, quien encontró y tuvo la suerte de matar al primero de esos monstruos que registra la historia. Andaba metido en los helechos hasta las rodillas en un claro del bosquecillo de hayas que diversifica al parque del teniente coronel Hick, con su escopeta al hombro —afortunadamente para él era una escopeta de dos cañones—, cuando vio por primera vez el insecto. Se acercaba a contraluz, de modo que no pudo verlo distintamente, y al acercarse zumbaba «como un motor de automóvil». Admite que se asustó. Evidentemente era tan grande o mayor que una lechuza, y a su ojo ejercitado, el vuelo del monstruo, y particularmente el nebuloso torbellino de sus alas, debió de haberle parecido en nada semejante al vuelo de un pájaro. El instinto de conservación, según creo, se mezclaría con un antiguo hábito, cuando Godfrey dice que «dejó que volara en línea recta».

Lo extraño de aquella experiencia probablemente afectó su puntería; sea por lo que fuere, lo cierto es que erró el tiro, y el monstruo inició un descenso con un colérico «Fuzzzz» que reveló inmediatamente su identidad de avispa, y luego volvió a elevarse con todas sus rayas brillando a la luz del sol. Godfrey dice que la avispa se revolvió contra él. Entonces disparó su segundo cañón a menos de veinte metros, arrojó la escopeta al suelo y dio dos o tres pasos, agachándose para evitar al animal.

Está convencido de que la avispa pasó volando a un metro de él, dio contra el suelo, volvió a elevarse, volvió a caer, quizás a unos treinta metros de distancia, y empezó a dar tumbos por el suelo, contorsionándose y moviendo su aguijón en su última agonía. Godfrey vació los dos cañones de su escopeta por segunda vez sobre el animal antes de aventurarse a acercársele.

Cuando se decidió a medirla vio que tenía setenta centímetros de una punta del ala a la otra, y el aguijón ocho. El abdomen había estallado por la mitad, pero estimó la longitud del animal, de la cabeza al aguijón, como de unos cuarenta y cinco centímetros... lo que es casi exacto. Sus ojos compuestos eran del tamaño de monedas de un penique.

Ésta es la primera aparición auténtica de las avispas gigantes. El día siguiente, un ciclista que bajaba a toda velocidad la cuesta que hay entre Sevenoaks y Tonbridge, con los pies en el manillar, por poco no aplasta otra de esas avispas gigantes que se arrastraba por la carretera. El paso del ciclista pareció alarmarla, y emprendió el vuelo con un ruido parecido al de un aserradero. Con la emoción del momento la bicicleta saltó por la cuneta, y cuando el ciclista pudo mirar hacia atrás, la avispa se alejaba, elevándose por encima de los bosques, hacia Westerham.

Después de hacer unas cuantas eses, el ciclista echó mano de los frenos, se apeó —temblaba de un modo tan violento que se cayó de bruces encima de la bicicleta al apearse— y se sentó en el borde de la cuneta para rehacerse un poco. Se había propuesto pedalear hasta Ashford, pero aquel día no pudo llegar más allá de Tonbridge...

Después de esto, y curiosamente por cierto, no se registraba la presencia de las grandes avispas durante tres días. Consultando los informes meteorológicos de aquellos tiempos me encuentro con que fueron con precipitaciones locales, lo cual puede tal vez explicar esta intermitencia. Luego, al cuarto día, el cielo se presentó de nuevo azul y despejado, con un sol brillante y una invasión tal de avispas como el mundo es seguro no había visto nunca.

Es imposible adivinar cuántas avispas salieron a la luz aquel día. Hubo una víctima, un tendero de comestibles, que descubrió uno de esos monstruos en un barril de azúcar, y con mucha temeridad por su parte lo atacó con una pala al emprender el vuelo. La arrojó al suelo por un momento, pero la avispa le aguijoneó perforándole la bota, mientras él la golpeaba de nuevo, partiéndola en dos. De los dos, el tendero fue el primero en sucumbir...

La más dramática de aquella cincuentena de apariciones fue la de la avispa que visitó el Museo Británico a eso del mediodía, descolgándose del sereno y azul firmamento sobre una de las innumerables palomas que picotean en el patio de dicho edificio y remontándose luego a la cornisa para devorar a su víctima con toda tranquilidad. Después se arrastró un rato por el techo del museo, entró en el interior de la cúpula de la biblioteca por un tragaluz, zumbó un buen rato por el interior —produciendo la consiguiente huida de los lectores— y, por fin, encontrando otra ventana, volvió a desaparecer de la observación humana, produciéndose un súbito silencio.

La mayoría de las demás informaciones se refieren al paso o al descenso de uno de estos insectos.

En Aldington Knoll dispersó un picnic en el campo. Todos los dulces y la mermelada quedaron consumidos en un santiamén y un cachorrillo de perro fue muerto y despedazado, cerca de Whitstable, bajo los mismos ojos de su dueña…

Aquella noche las calles resonaron con la noticia, los anuncios de los periódicos advirtieron exclusivamente, con numerosos titulares de gran tamaño, la aparición de las «Avispas Gigantes de Kent».

Los directores de periódicos y los redactores jefes, aguadísimos, se lanzaron arriba y abajo de tortuosas escaleras, gritando un sinfín de cosas sobre las avispas.

Y el profesor Redwood, al salir de su colegio en Bond Street, a las cinco, con el rostro colorado, después de una acaloradísima discusión con la junta acerca del precio de los terneros, compró un periódico de la tarde, lo abrió, se le demudó el rostro, olvidó inmediatamente el asunto de los terneros y de la junta y cogió un cabriolé para dirigirse al piso de Bensington.

V

El piso estaba ocupado, según le pareció, con exclusión de todo otro objeto sensible, por Skinner y su voz, si es que tanto al uno como a la otra puede llamárseles objetos sensibles.

La voz era muy aguda y el tono era angustioso.

—Ez impocible quedarnoz un día máz, ceñor Bencington. Noz hemoz quedado porque creíamoz que laz cozaz ce arreglarían, y lo que paza ez que han ido de mal en peor, ceñor Ben-cington… No zon zólo laz avizpaz, ceñor Bencington… Ahora hay también grandez tijeretaz y ciempiez, ceñor Bencington, aci de grandez. (Y señalaba todo lo largo de la mano y cerca de ocho centímetros más de un ancho y sucio antebrazo). Por poco le da un ataque de nervioz a la ceñora Zkinner, ceñor Bencington. Y, por ci fuera poco, laz ortigaz de al lado del gallinero, ceñor Bencington, también eztán creciendo, ci, ceñor, y la enredadera amarilla, aquélla que plantamoz cerca del zumidero, ceñor Bencington… Ya ha pazado zuz zarcilloz a través de la ventana durante la noche, cí, ceñor Bencington, y caci ce enredó con la propia ceñora Zkinner, ceñor Bencington. Y todo ez a cauza del alimento ece que uzted lez da, ceñor Bencington. Por dondequiera que ce haya derramado, por poco que cea, todo lo que hay allí ce pone a crecer de un modo pavorozo, ceñor Bencington. Todo crece máz de lo que yo nunca zupuce que pudiera crecer. Ez impocible quedarnoz otro mez, ceñor Bencington. Ez máz de lo que valen nuestraz vidaz, ceñot Bencington. Aun en el cazo de que laz avizpaz no noz picaran, moriríamoz zofocadoz por la enredadera ceñor Bencington. Uzted no puede imaginárcelo, ceñor Bencington…, a menoz de que venga a verlo con zuz propioz ojoz, usted…

Giró su ojo superior hacia la cornisa, por encima de la cabeza de Redwood, añadiendo:

—¿Cómo podremoz zaber ci laz rataz no han comido el alimento ece, ceñor Bencington? Ezo ez lo que me preocupa, ceñor Bencington. No he vizto aún ninguna rata grande, ceñor Bencington, pero ¿cómo voy a zaber ci laz hay? Hemoz eztado zobrezaltadoz durante varioz diaz a cauza de la tijereta que vimoz, o de laz tijeretaz, mejor dicho, porque eran doz… Y grandez como langoztaz, ceñor Bencington, y del modo pavorozo como ha crecido la enredadera amarilla, y cuando oí lo de laz avizpaz… Dezpuez de enterarme, lo comprendo todo, ceñor Bencington. No he aguardado máz ciño a que mi mujer me cociera un botón que ce me había caído, y he venido enceguida. Aún eztoy lleno de anciedad, ceñor Bencington. ¿Qué cé yo de lo que le puede eztar zucediendo a la ceñora Zkinner en ezce inztante, ceñor Bencington? La enredadera crece por todoz ladoz, como una cerpiente… Aunque parezca increíble hay que eztarla vigilando y huir de zu proccimidad… Y laz tijeretaz creciendo aún máz y máz laz avizpaz… ¡Ceñor Bencington! ¡Ci le ocurriera algo a ella, ceñor Bencington…!

—Pero ¿y las gallinas? —preguntó Bensington—. ¿Cómo están las gallinas?

—Laz hemoz eztado alimentando hazta ayer, ¡Dios me proteja! Pero ezta mañana no noz atrevimoz, ceñor Bencington. El ruido que producían ha cido algo ezpantozo, ceñor Bencington. Venían a docenaz. Grandez como gallinaz. Yo le digo a ella, le digo, cóceme un botón o doz, le digo, porque no puedo ir a Londrez ací como eztoy, le digo, y voy a ver al ceñor Bencington, le digo, a explicarle lo que ocurre. Y tú quédate en ezta habitación hazta que yo vuelva, le digo, y cierra la ventana y déjala cerrada que no pueda pazar nada, le digo.

—Si usted no hubiese sido tan sucio y descuidado… —empezó a decir Redwood.

—¡Oh, no diga ezo, ceñor Redwood! ¡Y ahora menoz que nunca, ceñor Redwood, que eztoy decezperado penzando en la ceñora Zkinner, ceñor Redwood! ¡Oh, no diga ezaz cozaz, ceñor Redwood! ¡No tengo ánimoz ahora para ponerme a dizcutir con uzted! ¡Que Dioz me proteja, que no tengo ánimoz, vaya! Zon laz rataz laz que me preocupan… ¿Cómo puedo zaber que no han atacado a la ceñora Zkinner mientras yo eztoy aquí?

—¿Y ustet no ha tomado alguna medida de todas esas maravillosas curvas de crecimiento? —preguntó Redwood.

—He eztado demaciado preocupado, ceñor Redwood —contestó Skinner—. ¡Ci uzted zupiera por lo que hemoz pazado… yo y mi ceñora! ¡Y todo durante el último mez! No zabíamos qué pensar de todo ello, ceñor Redwood. ¡Con laz gallinaz haciéndoce tan gordaz, y las tijeretaz, y la enredadera amarilla! No cé ci le he dicho a uzted, ceñor, que la enredadera amarilla…

—Ya nos ha hablado usted de todo eso —dijo Redwood—. Lo que ahora importa, Bensington, es saber qué vamos a hacer.

—¿Qué vamoz a hacer? —repitió Skinner.

—Tendrá usted que volver allí, señor Skinner —dijo Redwood—. No puede usted dejar a su esposa sola toda la noche.

—No me iré zolo, no, ceñor. Aunque hubiece una docena de ceñoras Zkinner. Ez el ceñor Bencington…

—¡Tonterías! —dijo Redwood—. Las avispas estarán quietas por la noche. Y las tijeretas se marcharán…

—Pero ¿y laz rataz?

—No hay ninguna rata —dijo Redwood.

VI

El señor Skinner podía muy bien haber hecho caso omiso de su principal motivo de ansiedad. La señora Skinner no terminó el día en casa.

A eso de las once la enredadera amarilla, que había estado poco activa toda la mañana, empezó a trepar por la ventana y a oscurecer la habitación con rapidez y cuanto más oscuro se hacía, tanto más claramente percibía la señora Skinner que su situación se tornaría muy pronto inaguantable. Y también le pareció que habían transcurrido unos cuantos siglos desde que se fue su marido. Se asomó a la oscurecida ventana, a través de los inquietos zarcillos, permaneció allí algún tiempo, y luego se fue, muy cautelosamente, a abrir la puerta del dormitorio y se puso a escuchar…

Todo parecía estar quieto. Por lo tanto, recogiéndose las faldas, pasó al dormitorio, y después de haber mirado debajo de la cama y de haberse encerrado, procedió, con la metódica rapidez de una mujer experta en esos quehaceres, a hacer el equipaje. La cama no estaba hecha y el suelo estaba cubierto de trozos de enredadera que Skinner había cortado la noche anterior a fin de poder cerrar la ventana, pero a aquel desorden ella no hizo el menor caso. Hizo un fardo con un lienzo muy decente. Enfardó toda su ropa más una chaqueta de pana que Skinner solía llevar en ocasiones especiales, y además empaquetó también un tarro de pepinillos en conserva que no había sido abierto aún. Hasta aquí estuvo plenamente justificado su plan de hacer paquetes. Pero también empaquetó dos latas herméticamente cerradas que contenían Heracleoforbia IV, que Bensington había llevado en su último viaje. (Era una mujer buena y honrada… pero era también abuela, y le había apenado ver cómo se despilfarraba un alimento que producía un crecimiento tan fabuloso en un grupo de infectos pollos).

Y después de haber hecho un gran paquete con todas estas cosas se caló el gorrito, se quitó el delantal, ató las varillas del paraguas con un cordón de zapato nuevo, y después de permanecer un buen rato a la escucha en la ventana, abrió la puerta y salió impetuosamente a un mundo lleno de peligros. Llevaba el paraguas debajo del brazo y asía el fardo con sus manos nudosas y resueltas. Llevaba su mejor gorrito dominguero, y las dos amapolas que erguían sus corolas, en medio de sus esplendores de cintas y cuentas, parecían impulsadas por el mismo trémulo valor de que ella se hallaba poseída.

Sus facciones arrugaron la raíz de la nariz con determinación. ¡Ya estaba harta de todo aquello! ¡Dejarla allí sola! Qué Skinner volviera cuando quisiese.

Salió por la puerta principal, y siguió adelante, no porque quisiera dirigirse a Hickleybrow (su destino era Cheasing Eyebright, donde residía su hija casada), sino porque la puerta trasera era infranqueable debido a la enredadera amarilla que había estado creciendo furiosamente desde que la señora Skinner vertió impensadamente una lata de alimento cerca de sus raíces. Al salir, volvió a aguzar el oído durante unos momentos, y luego cerró la puerta con mucho cuidado. Al llegar a la esquina de la casa se detuvo a escudriñar…

Un extenso montículo arenoso en la ladera de la colina, más allá de los pinares, marcaba el lugar del nido de las avispas gigantes, y la señora Skinner lo estudió con gran cuidado. Ya atardecía y ni por casualidad se veía una avispa; a no ser por un ruidito un poco más perceptible del que hubiese hecho un aserradero de vapor situado en medio de los pinares, todo estaba silencioso. En cuanto a las tijeretas, no pudo ver ni una sola. Allá abajo, en medio de las coles, había algo que se movía, pero debía ser probablemente un gato al acecho de algún pájaro. Permaneció contemplando todo durante un buen rato.

Dio unos pasos, doblando la esquina de la casa, y se le ofreció a la vista el gallinero con los pollos gigantes. Se detuvo de nuevo.

—¡Ah! —exclamó, sacudiendo la cabeza al verlos.

Ya habían alcanzado la talla de un avestruz, pero, naturalmente, tenían en cuerpo mucho más rechoncho… Eran animales mayores, en conjunto. Todas eran gallinas, cinco en total, pues los dos gallos se habían matado mutuamente. Vaciló un momento ante la actitud decaída de los pollos.

—¡Pobrecillos! —exclamó, dejando en el suelo su fardo—. No tienen agua. ¡Y con el apetito que tienen! —Se puso un flaco dedo en los labios y sostuvo una conferencia consigo misma.

Entonces aquella vieja sucia y desaliñada hizo lo que a mí me parece un acto heroico de caridad. Dejó su fardo y su paraguas en mitad del camino enladrillado, y dirigiéndose al pozo sacó no menos de tres cubos de agua para el vacío abrevadero de los pollos, y mientras éstos se agolpaban en él, descorrió muy suavemente el cerrojo del gallinero. Después de lo cual entró en una fase de gran actividad, volvió a coger su equipaje, franqueó el vallado del fondo del jardín, atravesó los fértiles prados (para evitar el avispero) y se dirigió a toda marcha por el tortuoso camino que conducía hacia Cheasing Eyebright.

Subió jadeando la cuesta, deteniéndose de vez en cuando para descansar de su carga, recobrar el aliento y volverse para mirar hacia abajo en dirección a la casa de campo junto al pinar. Y cuando, por último, al llegar ya cerca de la cima, vio a lo lejos varias grandes avispas que descendían pesadamente hacia occidente, sintió como si le hubiesen crecido alas en los pies.

Pronto salió del campo abierto para entrar en un camino que transcurría entre taludes bastante elevados (que le pareció un sitio más seguro) y de allí, por Hickleybrow Coobe, salió a la llanura. Al comienzo de ésta, donde un gran árbol daba cierta sensación de refugio, la señora Skinner descansó durante un buen rato en los peldaños de un portillo.

Luego prosiguió adelante con decisión…

Os la podéis figurar como una especie de hormiga negra erguida llevando a cuestas su blanco hato y apresurándose a lo largo del pequeño y blanco sendero que se va separando de la ladera, bajo el cálido sol de una tarde de verano. Iba esforzándose hacia delante, tras su resuelta nariz, infatigable, las amapolas de su gorrito temblando constantemente, y sus botas de cierre elástico blanqueándose cada vez más en el polvo de la llanura. Flip-flap, flip-flap, iban haciendo sus pasos a través del inmóvil bochorno del día canicular, y de un modo persistente el paraguas buscaba la manera de deslizarse bajo el codo que lo sostenía La boca aparecía fruncida, denotando una resolución extrema, y de vez en cuando ordenaba a su paraguas que volviera a colocarse en su sitio o daba a su estrechamente agarrado fardo una vengativa sacudida. Y a veces sus labios mascullaban fragmentos de alguna prevista disputa entre ella y Skinner.

Y muy lejos, a muchos kilómetros de distancia, el campanario de una iglesia empezó a destacarse insensiblemente surgiendo del vago azul del cielo, para marcar más y más distintamente el tranquilo rincón donde Cheasing Eyebright se refugiaba del tumulto mundanal, sin acordarse en absoluto de la existencia de la Heracleoforbia oculta en aquel blanco hato que se esforzaba tan persistentemente en avanzar en dirección a aquel ordenadísimo retiro.

VII

Tal como he podido deducir, los pollos hicieron su aparición en Hickleybrow hacia las tres de la tarde. Su llegada debió de ser algo jocoso, aunque no había entonces nadie en las calles para poder presenciarla. El violento berrido del pequeño Skelmersdate parece que fue el primer aviso de que ocurría algo insólito. La señorita Durgan de la Oficina de Correos, estaba asomada a la ventana como de costumbre cuando vio a la gallina que había cogido al infeliz niño, corriendo a escape calle arriba con su víctima, con otras dos gallinas pisándole los talones. ¡Ya conocéis las balanceantes zancadas de los polluelos modernos, atléticos y emancipados! ¡Podéis imaginaros la viva insistencia de la hambrienta gallina! Aquellas aves eran Plymouth Rock, según me han dicho, una raza que, aun sin la ayuda de la Heracleoforbia, se caracteriza por sus grandes zancadas.

Probablemente la señorita Durgan no se sorprendió demasiado. A pesar de la insistencia de Bensington en guardar el secreto, habían circulado rumores en el pueblo, desde hacía algunas semanas, acerca de los grandes polluelos que estaba criando Skinner.

—¡Dios mío! —exclamó Miss Durgan—. ¡Es lo que me temía!

Parece que se comportó con una gran presencia de espíritu. Cogió de un tirón el saco precintado de la correspondencia que estaba esperando para enviar a Urshot, y se lanzó a la puerta inmediatamente. Casi simultáneamente apareció el señor Skelmersdale al otro extremo del pueblo, aferrando una regadera por el pico, y muy pálido. Y, como es natural, al cabo de un instante, cada uno de los habitantes del pueblo se había asomado a la puerta o a la ventana.

El espectáculo que ofrecía la señorita Durgan cruzando la calle, con toda la correspondencia diaria de Hickleybrow en las manos, hizo detenerse al pollo que se había apoderado del pequeño Skelmersdale. El ave se detuvo en un momento de indecisión, y luego se dirigió hacia las abiertas puertas del patio de Fulcher. Aquel instante fue fatal. El segundo pollo lo alcanzó limpiamente, entró en posesión del niño gracias a un picotazo muy bien dirigido y saltó por encima de la tapia dentro del jardín de la vicaría.

—¡Croe, croe, croe, croe, croe, croe! —chilló la gallina más rezagada al recibir un golpe propinado por el señor Skelmersdale con mucha habilidad, al lanzarle la regadera. La gallina aleteó desesperadamente saltando por encima de la cerca del cottage de la señora Glue y de allí al campo del médico, mientras aquellas aves gargantuescas perseguían al pollo que tenía el niño por el césped de la vicaría.

—¡Cielos! —exclamó el cura, o (alguien afirma) quizás algo más grave.

Echó a correr, volteando el mazo de croquet y gritando para interceptar el paso al ave:

—¡Detente, maldita! —gritó, como si las gallinas gigantes fueran animales corrientes en el mundo.

Y luego, viendo que le era imposible evitarla, le arrojó el mazo con todo el vigor y toda la fuerza de que disponía. Éste fue a parar, después de describir una graciosa curva, a poco más de un palmo de distancia de la cabeza del niño Skelmersdale, rompiendo de paso unos cristales de invernáculo. ¡Crash! ¡El nuevo invernáculo! ¡El nuevo y hermoso invernáculo de la esposa del vicario!

Aquello asustó a la gallina. Y habría podido asustar a cualquiera. Soltó a su víctima dentro de un laurel de Portugal, de donde fue extraída inmediatamente, algo descompuesta, pero, salvo en sus poco delicadas ropas, indemne, luego dio un brinco aleteante para alcanzar el tejado de los establos de Fulcher, pero, apoyándose en un sitio inseguro entre las tejas, descendió como si dijéramos desde el infinito a la quietud contemplativa del señor Bumps, el paralítico, que, como sin duda ha quedado probado, en aquella única ocasión de su vida pudo atravesar el jardín, en todo su diámetro y meterse en casa, sin requerir asistencia alguna, cerrando la puerta con llave, para recaer inmediatamente en su habitual estado de resignación cristiana y desvalida dependencia de su esposa…

Los demás pollos fueron acosados por los otros jugadores de croquet, y pasando por el huerto del vicario, se metieron en el campo del médico, a cuya cita acudió también, por fin, el quinto pollo cacareando desconsoladamente después de un fracasado intento pasearse por el pepinar del señor Whiterspoon.

Parece que durante un buen rato se comportaron de un modo bastante gallináceo, escarbando el suelo y cloqueando meditativamente, pero después uno de los pollos picoteó repentinamente una colmena del médico. Luego los cinco echaron a correr de un modo desmañado, a sacudidas y aleteos, como si tuvieran ataques de nervios, a campo traviesa, en dirección a Urshot, y Hickleybrow Street ya no los vio más. Cerca de Urshot llegaron por fin a dar con un alimento apropiado en un campo de nabos suecos y se quedaron allí picoteando con gran satisfacción hasta que los alcanzó su propia fama.

La principal reacción inmediata ante aquella pasmosa irrupción de gigantescas aves de corral sobre la mente humana se tradujo en la aparición de una extraordinaria afición a gritar, correr y lanzar objetos, y en seguida todos los hombres hábiles de Hickleybrow y algunas mujeres salieron al exterior con una notable variedad de artículos contundentes en las manos para comenzar a dar caza a las gallinas gigantes. Consiguieron espantarlas en dirección a Urshot, donde se estaba celebrando una feria rural, y Urshot las acogió como la gloriosa apoteosis de una jornada feliz. Empezaron a disparar contra ellas cerca de Findon Beeches, pero al principio solamente con escopetas pequeñas. Naturalmente, unos pajarracos de aquel tamaño podían absorber una cantidad ilimitada de perdigones sin grave riesgo. Se dispersaron algo cerca de Sevenoaks, y cerca ya de Tonbridge una de ellas emprendió vuelo choqueando un rato, presa de una agitación excesiva, en cabeza y paralelamente al expreso del barco correo de la tarde... con gran asombro por parte de los que allí viajaban.

A eso de las cinco y media dos de ellas fueron cogidas, muy ingeniosamente, por el propietario de un circo en Tunbridge Wells, que las atrajo dentro de una jaula que se hallaba vacante por la muerte de un dromedario viudo, con la añagaza de esparcir por el suelo trozos de pan y de pastel...

VIII

Cuando el infortunado Skinner se apeó aquella tarde del tren de la línea del Sudeste en Urshot, ya había anochecido. El tren llegó con retraso, pero no excesivo, y Skinner así se lo hizo notar al jefe de la estación. Tal vez viera alguna intención en la mirada del jefe de estación. Después de una breve vacilación, y con un ademán confidencial, poniéndose la mano al lado de la boca, preguntó si había ocurrido «algo» aquel día.

—¿Qué quiere usted decir? —preguntó el jefe de estación, que tenía una voz seca y enfática.

—Laz avizpaz ezas y demaz.

—No hemos tenido tiempo de pensar en avizpaz —dijo con sorna el jefe de estación—. Hemos estado demasiado atareados con sus endemoniadas gallinas.

Y comunicó la noticia de los polluelos a Skinner, del mismo modo que si se tratara de romper los cristales de la ventana de un político enemigo.

—¿No ha oído uzted nada de la ceñora Zkinner? —preguntó Skinner, entre aquella lluvia de expresivas noticias y comentarios.

—¡Ni por asomo! —exclamó el jefe de estación, como si hasta él trazara en algún sitio la línea divisoria entre lo que se sabe y lo que se ignora.

—Deberé inveztigar zobre ezo —dijo Skinner, poniéndose fuera del alcance de las conclusiones que profería el jefe de estación sobre la responsabilidad que implicaba una nutrición gallinácea excesiva...

Al pasar por Urshot, un calero llamó a Skinner, desde las minas de Hankey, preguntándole si buscaba a sus gallinas.

—¿No zabe uzted nada de la ceñora Zkinner? —le preguntó éste.

El calero —sus frases exactas no nos interesan aquí— demostró un interés superior por las gallinas...

Ya estaba todo oscuro —tan oscuro, al menos como puede estarlo una clara noche de junio inglesa cuando Skinner asomó la cabeza en la taberna de los Jolly Drovers preguntando:

—¡Hola! ¿No habéiz oído algo de eza hiztoria de miz gallinaz?

—¿Que si hemos oído algo? —dijo Fulcher—. ¡Hombre! Precisamente una parte de la historia se ha desarrollado en el tejado de mis establos, y uno de sus capítulos ha abierto un boquete en el huerto de la señora del vicario. ¡Ah Perdón…! Quise decir del invernáculo.

Skinner se decidió a entrar.

—Quiciera algo que fuece un poco reconfortante. Ginebra caliente y agua para mi gaznate.

Y todo el mundo empezó a contarle cosas de los polluelos.

—¡Válgame Dioz! —exclamó Skinner. Y después de una pausa, añadió—: ¿No zabéis nada de la ceñora Zkinner?

—¡Nada! —contestó Witherspoon—. No hemos pensado en ella. No hemos pensado en ninguno de los dos.

—¿No ha estado usted en casa hoy? —preguntó Fulcher con un jarro de cerveza en la mano.

—Si uno de esos endemoniados pajarracos la ha picoteado… —empezó a decir Witherspoon, dejando el entero horror de la imagen a las libres imaginaciones de los circundantes.

A los allí reunidos se les ocurrió en aquel momento que sería un buen final de un día lleno de acontecimientos, ir todos con Skinner para ver si le había sucedido algo a su señora. Nunca se sabe la suerte que le puede caber a uno cuando se presentan accidentes al por mayor. Pero Skinner, ante el mostrador, bebiéndose su ginebra caliente con agua, con un ojo errabundo sobre los objetos que había en el fondo de la taberna y el otro fijo en el vacío, no comprendió aquel momento psicológico.

—No habrá ocurrido nada con ninguna de ezas grandez avizpaz hoy, ¿verdad? —preguntó con una elaborada indiferencia en el gesto.

—Hemos estado demasiado ocupados con sus gallinas —dijo Fulcher.

—Zupongo que todaz habrán vuelto a zu guarida —repuso Skinner.

—¿Qué?… ¿Las gallinas?

—Eztaba penzando ezpecialmente en laz avizpaz —aclaró Skinner.

Y luego, con un aire de circunspección que habría infundido sospechas a un bebé de una semana, y acentuando fuertemente la mayoría de las palabras que iba escogiendo, preguntó:

—Zupongo que nadie ha oído decir nada de otra coza grande que haya aparecido por aquí, ¿no ez cierto? ¿De grandez perroz, o gatoz, o algo aci? Me parece a mí que ci hay grandez gallinaz y grandez avizpaz por todaz partez…

Y se echó a reír, haciendo como que decía las cosas sin ton ni son.

Pero una expresión taciturna se dibujó en los semblantes de los vecinos de Hickleybrow. Fulcher fue el primero en dar a sus ideas condensadas la forma concreta de palabras.

—Un gato que hubiera crecido como las gallinas —dijo Fulcher.

—¡Vaya! —exclamó Witherspoon—. Un gato proporcionado a las gallinas.

—Sería un tigre —murmuró Fulcher.

—Más que un tigre —rectificó Witherspoon.

Cuando, por fin, Skinner, emprendió la marcha por el solitario sendero que pasa por el borde del campo que separa Hickleybrow de la sombría hondonada cubierta de pinos, bajo cuya oscura sombra la gigantesca enredadera amarilla se agarraba silenciosamente a la Granja Experimental, la emprendió solo.

Se le vio destacarse distintamente contra el horizonte, contra la cálida y diáfana inmensidad del cielo del norte —porque hasta allí fue seguido por el interés público—, para descender de nuevo dentro de la noche, dentro de una oscuridad de la cual parecía que nunca volvería a resurgir. Pasó… al reino del misterio. Hasta la fecha nadie sabe lo que pudo haber sido de él, después de haber cruzado la cresta de la colina. Cuando, más tarde, los dos Fulcher, con Witherspoon, empujados por sus propias imaginaciones, llegaron a la cima de la colina para seguirle de lejos, la noche se lo había tragado por completo.

Los tres hombres permanecieron muy juntos. No se oía el menor ruido en aquella oscuridad boscosa, ni había nada que ocultase la granja a sus miradas.

—Todo va bien —dijo el joven Fulcher, dando fin a un largo silencio.

—No veo ninguna luz —repuso Witherspoon.

—Desde aquí no puede verse.

—Está todo brumoso —dijo el viejo Fulcher.

Meditaron durante un rato.

—Habría vuelto si algo no anduviera bien —afirmó el joven Fulcher.

Y esto pareció tan obvio y concluyente que a continuación el viejo Fulcher dijo:

—¡Bueno!

Y los tres fueron a acostarse, aunque preocupados, hay que admitirlo…

Un pastor que vivía al lado de la granja de Huckster, oyó un chillido durante la noche, que creyó producido por unas zorras, y por la mañana vio que uno de sus corderos había sido muerto, arrastrado por el camino de Hickleybrow y parcialmente devorado.

¡Lo que es inexplicable de todo esto es la ausencia de restos que pudieran considerarse indiscutiblemente como pertenecientes a Skinner!

Muchas semanas después, en medio de las carbonizadas ruinas de la Granja Experimental, se halló algo que pudiera haber sido y pudiera no haber sido un omóplato humano y en otra parte de las ruinas un largo hueso muy roído e igualmente dudoso. Cerca del portillo que da hacia Eyebright se encontró un ojo de cristal, con lo que muchas personas descubrieron que Skinner debía una gran parte de sus encantos personales a su posesión. Aquel ojo de cristal observaba el mundo con el mismo inevitable efecto de indiferencia, con la misma melancolía severa que habían constituido la redención de su comportamiento mundano en otros aspectos.

Y en medio de las ruinas, una afanosa búsqueda permitió descubrir los aros metálicos y las cubiertas carbonizadas de dos botones de ropa blanca, tres gemelos enteros y un botón de la clase metálica especial que generalmente se emplea en las suturas menos conspicuas de la economía humana. Aquellos restos fueron aceptados, por personas autorizadas, como pruebas concluyentes de un Skinner destruido y esparcido, pero para satisfacer mi propia convicción, y en vista de su característica idiosincrasia, debo confesar que por mi parte preferiría menos botones y más huesos.

El ojo de cristal, naturalmente, tiene un aire de convicción extrema, pero si realmente es de Skinner —y hasta la propia señora Skinner no pudo saber con seguridad si aquel ojo era el de su marido— algo ha ocurrido que lo ha transformado de color castaño acuoso a azul plácido y sereno. El omóplato es un documento muy dudoso en cuanto a su autenticidad, y me gustaría poder ponerlo al lado de las roídas escápulas de algunos de los animales domésticos más corrientes para cotejarlo, antes de admitir su origen humano.

¿Y dónde se hallaban las botas de Skinner, por ejemplo? Por pervertido y extraño que fuera el apetito de una rata, ¿era concebible que los mismos animales que dejaban un cordero a medio devorar hubiesen devorado por completo a Skinner, con pelo, huesos, dientes y botas?

He interrogado a tantos como he podido de aquellos que conocieron íntimamente a Skinner, y todos están de acuerdo en que es imposible imaginarse algo capaz de comérselo. Skinner era, como me dijo un marinero retirado que vivía en una de los cottages del señor W. W. Jacobs, en Dunton Green, con cierta reservada intención en sus ademanes, muy frecuente en estos parajes, ese tipo de personas que «sale a flote» sea como sea, y en cuanto al elemento devorador, Skinner era «perfectamente capaz de apagar cualquier incendio». Consideró también que Skinner era de los que se encuentran tan seguros sobre una almadía como en cualquier otra parte. El marinero retirado dijo que no deseaba decir nada en contra de Skinner y que los hechos son los hechos. Antes de seguir ocupándose de Skinner preferiría correr el riesgo de que lo encarcelaran. Todas estas observaciones por cierto, presentan a Skinner bajo un aspecto muy poco envidiable.

Para ser perfectamente franco con el lector, debo decir que no creo que Skinner regresara nunca a la Granja Experimental. Opino que estuvo vagando presa de largas vacilaciones por los campos y la gleba de Hickleybrow, y finalmente, cuando empezaron a oírse los chillidos, salió de sus perplejidades por la línea de menor resistencia y se hundió en lo Desconocido.

Y en lo Desconocido, sea en este mundo o en el otro que no conocemos, ha permanecido de un modo obstinado e indiscutible hasta la fecha...

CAPÍTULO III

LAS RATAS GIGANTES

I

Dos noches después de la desaparición de Skinner, el médico de Podbourne se hallaba, cerca de Hankey, conduciendo su calesa. Había estado toda la noche ayudando a venir a este mundo tan curioso en que vivimos, a otro ciudadano muy poco distinguido, y una vez cumplida su tarea se dirigía a su casa, muy cansado y soñoliento. Serían las dos de la madrugada y acababa de salir la luna en menguante. La noche estival había refrescado y se había formado una tenue niebla baja que indiferenciaba a los objetos. El médico iba completamente solo —su cochero estaba enfermo en cama— y nada se podía divisar ni a derecha ni a izquierda, fuera del movedizo misterio de los setos interponiéndose al resplandor amarillento de las lámparas del coche en continua sucesión, ni nada podía oírse sino el trote pausado del caballo y el rechinar y el chirriar de las ruedas. Tenía tanta confianza en su caballo como en sí mismo, y no es, por lo tanto, de extrañar que el doctor dormitara...

Ya conocéis esa intermitente modorra del que está sentado: la cabeza inclinada, moviéndose al ritmo de las ruedas, el mentón pegado al pecho, y, de pronto, la incorporación súbita con un sobresalto.

Pit, pat, pat.

¿Qué es eso?

Le pareció al doctor haber oído un ligero y agudísimo chillido cercano. Durante unos instantes permaneció despierto. Profirió dos o tres palabras de inmerecida recriminación a su caballo, y miró alrededor de sí. Intentó persuadirse de que lo que había oído era el distante chillido de una zorra…

Suich, suich, suich, pit, pat, suich…

¿Qué había sido aquello?

Imaginó que se estaba volviendo asustadizo. Se encogió de hombros y gruñó a su caballo que siguiera adelante. Escuchó y no oyó nada.

¿Nada?

Tuvo la impresión de que un bicho le estaba acechando por encima del seto, pues le pareció ver una extraña cabezota. ¡Y con orejas redondas! Revisó cuidadosamente el lugar, pero no pudo ver nada.

—¡Tonterías! —murmuró.

Se incorporó con la idea de haber sido objeto de una pesadilla, dio al caballo un suave latigazo, le dijo unas palabras y volvió a escrutar por encima del seto. Sin embargo, el fulgor de la lámpara combinado con la niebla daba un aspecto borroso a todas las cosas, y no le fue posible distinguir nada. Se le ocurrió, según dijo, que no podía haber nada, porque si hubiese algo su caballo se habría espantado. No obstante, permaneció con los sentidos nerviosamente despiertos.

Luego oyó muy claramente un blando ruido de pisadas rápidas, que perseguían algo por la carretera.

No quiso dar crédito a sus oídos. No pudo mirar alrededor de sí porque la carretera hacía una curva muy sinuosa precisamente allí. Fustigó al caballo y volvió a mirar a uno y otro lado. Y entonces vio muy distintamente, allí donde un rayo de luz de la lámpara saltó por encima de un trecho bajo del seto, el lomo curvo de algún gran animal, no habría podido decir cuál, que lo iba siguiendo junto al carruaje en rápidos saltos convulsivos.

Dice el doctor que pensó entonces en los viejos cuentos de brujería. Aquello era completamente distinto a cualquier animal conocido, y el médico aseguró firmemente las riendas por miedo al sobresalto de su caballo. A pesar de ser una persona muy instruida, confiesa que llegó a preguntarse si aquello podía ser algo que su caballo no podía ver.

Frente a él, y acercando cada vez más su silueta a la luz de la naciente luna, se destacaba el pequeño villorrio de Hankey, muy reconfortante, a pesar de no tener ni una luz encendida. El médico restalló el látigo y volvió a hablar al caballo, y entonces, con la rapidez de un relámpago, lo atacaron las ratas.

Había pasado ya un portal, y en el momento de hacerlo, la rata que iba en cabeza saltó en medio de la calle por encima de él, saliendo de la oscuridad para destacarse bajo la mayor claridad posible, la cara vivaz y afilada, las orejas redondeadas, el largo cuerpo exagerado por sus movimientos, y lo que más le impresionó; las patas rosadas, con los dedos unidos por las membranas características de la bestia. Lo que debió ser más horrible en aquel momento fue el hecho de no tener la menor idea de que aquel bicho fuese ninguno de los animales de la creación que él conocía. No lo reconoció como rata a causa del tamaño. El caballo dio un brinco al saltar la rata a su lado. La aldea despertó en medio de un tumulto, al percibir el chasquido del látigo y los gritos que daba el médico. Los acontecimientos se precipitaron.

Rat, clat, clat, clat.

—El doctor —uno se imagina— se puso de pie, gritó a su caballo y se puso a dar latigazos con toda su fuerza. La rata dio un respingo y retrocedió, muy tranquilizadoramente, al recibir el trallazo —al resplandor de su lámpara, el doctor pudo ver cómo una estría surcaba la piel del animal bajo el impacto del látigo— y el médico siguió propinando latigazos sin parar, sin advertir al segundo perseguidor, que iba ganando terreno a su derecha.

Soltó las riendas y miró hacia atrás para descubrir a la tercera rata que lo perseguía…

El caballo se arrojó hacia delante. La calesa saltó al pasar por un bache. Durante un minuto frenético todo pareció revolverse en saltos y brincos.

Fue una gran suerte que el caballo se cayera en Hankey, y no antes o después de pasar por delante de las casas.

Nadie sabe cómo cayó el caballo: si tropezó o si la rata de la derecha consiguió hincar sus cortantes dientes en su flanco (cargándole el peso entero de su corpachón); el médico no descubrió que a él también lo habían mordido hasta que se encontró dentro de la casa del ladrillero, y mucho menos pudo descubrir cuándo recibió la mordedura, a pesar de que ésta era francamente mala: una larga herida cortante, como producida por un tomahawk doble que le hubiese cortado dos tiras paralelas de carne a partir del hombro izquierdo.

En un momento el doctor saltó de la calesa al suelo, torciéndose con fuerza el tobillo, aunque él lo ignoró, y se puso a dar latigazos furiosamente a una tercera rata que se lanzaba directamente contra él. Casi ni recuerda el salto que tuvo que dar por encima de la rueda, al volcarse la calesa, tan borrosas fueron las raudas y candentes impresiones que le acometieron. Yo creo que el caballo se encabritó al sentir que la rata se mordía el cuello, cayendo entonces de lado y arrastrando el carruaje en su caída; el doctor saltó, como si dijéramos, de modo instintivo. Al volcarse la calesa, el depósito de la lámpara se rompió y de repente surgió una gran llamarada de aceite ardiente, una explosión de luz blanca.

Esto fue lo primero que vio el ladrillero.

Había oído el trote que indicaba la proximidad del doctor, y, aunque éste no recuerde nada, unos gritos desaforados. Había saltado apresuradamente de la cama, y al hacerlo oyó un estruendo terrorífico, con la erupción de la llamarada tras la persiana que levantaba.

—Era más claro que el día —dijo después el ladrillero.

Se quedó como petrificado, con la cuerda de la persiana en la mano contemplando estupefacto por la ventana la pesadillezca transformación de la familiar carretera que se extendía ante él. La negra silueta del doctor, haciendo molinetes con el látigo, resaltaba sobre el fondo de las llamas. El caballo coceó indistintamente, medio oculto por el resplandor, con una rata agarrada al cuello. En la oscuridad, contra la pared del cementerio parroquial, los ojos de un segundo monstruo brillaban con malignidad. Otro —simple masa de espantosa negrura con luminosos ojos rojos y las patas delanteras de color de carne— se agarraba en equilibrio inestable sobre la albardilla del muro adonde había trepado al producirse la explosión de la lámpara.

Ya conocéis la astuta cara de una rata, sus dientes afilados y los ojos vivos. Vista con una ampliación séxtuple de sus dimensiones lineales y aún más amplificadas por las tinieblas, el asombro y los danzantes brincos fantásticos de las llamas, debió de ser un pésimo espectáculo para el ladrillero, aun medio dormido.

Entonces el doctor se dio cuenta de la oportunidad que se le ofrecía, de la tregua momentánea que suministraba el fuego, y desapareció de la vista del ladrillero, aporreando la puerta con el mango del látigo…

El ladrillero no lo dejó entrar hasta que fue en busca de una luz.

Algunos le han hecho reproches al pobre hombre; pero, por mi parte, hasta que conozca mejor lo que puede dar de sí mi propio valor, vacilo en unirme a los que lo censuran.

El doctor aulló y golpeó la puerta…

El ladrillero dice que el hombre lloraba de terror cuando, por fin, se abrió la puerta.

—¡Cierre! —musitó el médico—. ¡Cierre…!

No pudo terminar la frase: «Cierre la puerta y eche el cerrojo».

Intentó ayudar al ladrillero a cerrar, pero no hizo otra cosa que estorbar, tuvo que sentarse en una silla junto al reloj, mientras el dueño de casa aseguraba la puerta.

—¡No sé lo que son! —repitió varias veces— ¡No sé lo que son! —con un «son» de tono muy agudo.

El ladrillero le ofreció whisky, pero el médico no permitió que lo dejara sólo con aquella luz vacilante en aquellos momentos.

Pasó un buen rato antes de que pudiera convencerle que lo dejase ir arriba.

Y cuando el fuego en la carretera se apagó, las ratas volvieron, se echaron sobre el caballo muerto, lo arrastraron a través del cementerio parroquial hasta el horno de ladrillos y lo devoraron hasta el amanecer, sin que nadie se atreviera a estorbarlas…

II

Redwood fue a ver a Bensington a eso de las once de la mañana del día siguiente, con la «segunda edición» de tres periódicos en las manos.

Bensington levantó la vista de su desalentada meditación sobre las páginas de la novela más distraída que el bibliotecario de Brompton Road había sido capaz de encontrarle.

—¿Algo nuevo? —preguntó.

—Dos hombres picados cerca de Chartham.

—Debieron de habernos dejado quemar aquel nido. Realmente, la culpa es suya.

—¡Claro que es suya la culpa! —exclamó Redwood.

—¿Sabe usted algo de la compra de la granja?

—El corredor de fincas —dijo Redwood— es un sujeto de una boca muy grande y madera compacta. Pretende que hay alguien, otra persona, que también quiere comprar la finca. Siempre dicen lo mismo, ¿sabe usted? Y no quiere comprender la prisa. «Es cuestión de vida o muerte», le dije. «¿No lo comprende usted?». Entornó los ojos, y contestó: «Entonces, ¿por qué no se decide usted a pagar doscientas libras más?». Prefiero vivir en un mundo invadido de avispas a ceder ante la inquebrantable estupidez de ese asqueroso sujeto. Yo…

Se calló, pensando que una declaración como ésta podría estropearse fácilmente según cuál fuera su conclusión.

—¿Sería mucho esperar —preguntó Bensington— que una de las avispas…?

—La avispa no tiene más idea de la utilidad pública que la que pueda tener… que la que pueda tener un corredor de fincas —repuso Redwood.

Siguió hablando, durante un buen rato, de corredores de fincas, procuradores y otra gente de la misma calaña, del modo injusto y poco razonable que acostumbra a hablar mucha gente cuando se trata de hacer cálculos sobre proyectados negocios. (De todas las estupideces de este estúpido mundo, la más estúpida de todas, a mi entender, consiste en que mientras se da por sentado, como la cosa más natural, que un médico o un soldado deben tener un alto sentido del honor, del valor y de la eficiencia, a un procurador o a un corredor de fincas no sólo se le permite, sino que ya se acepta de antemano, que no debe mostrar otra cosa que una especie de codiciosa, untuosa y marrullera imbecilidad). Y luego, sintiéndose bastante aliviado, se dirigió a la ventana y permaneció allí, contemplando el tránsito de Sloane Street.

Bensington había dejado su novela, la más emocionante que concebirse pudiera, sobre la mesa. Entrelazó los dedos de las manos con mucho cuidado y se puso a contemplarlos.

—Redwood, ¿hablan mucho de nosotros? —preguntó.

—No tanto como esperaba.

—¿No irán a denunciarnos?

—En absoluto. Pero, por otro lado, no apoyan lo que yo les indico que debe hacerse. He escrito a The Times, ¿sabe usted?, explicándolo todo…

—Aquí tenemos el Daily Chronicle —dijo Bensington.

—Y The Times ha publicado un largo editorial sobre el tema, un editorial de primera, muy bien escrito, con tres latinajos al estilo The Times (uno de ellos es statu quo), y se lee como si fuera directamente la voz de Alguien Impersonal de la Mayor Importancia, enfermo de Cefalea Gripal, hablando a través de páginas y más páginas de fieltro, sin que mejorara en nada su dolencia. Al leer entre líneas, ¿sabe usted?, queda claro que The Times considera, inútil paliar los hechos, y que algo (indefinido, naturalmente) tiene que hacerse de inmediato. De otro modo habrá indudablemente consecuencias más indeseables… The Times es inglés ¿sabe usted?, porque aumentarán las avispas y las picaduras. ¡Un artículo digno de un gran hombre de gobierno!

—Y mientras tanto nuestra obra se desparrama por todas partes en forma desagradable.

—Así es.

—¡Me pregunto si Skinner tendría razón en lo de esas ratas gigantes…!

—¡Oh, no! Eso sería demasiado —dijo Redwood.

Se acercó a Bensington y se quedó de pie junto a su silla.

—Y a propósito —dijo bajando imperceptiblemente el tono de la voz—, ¿sabe ella…?

E indicó la cerrada puerta.

—¿Quién? ¿Mi prima Jane? Pues, sencillamente, no sabe nada de todo eso. No nos relaciona con ese asunto y no quiere leer los artículos. «¡Avispas gigantes! —dice—. ¡No tengo suficiente paciencia para leer los periódicos!».

—Tenemos suerte —murmuró Redwood.

—Supongo que la señora Redwood…

—No —dijo Redwood—, ahora precisamente da la casualidad de que… se halla muy preocupada por el niño. Y es que, ya sabe, el niño sigue adelante.

—¿Creciendo?

—Sí. Ha aumentado un kilo doscientos treinta gramos en diez días. Ya pesa cerca de veintiocho kilos. Y tiene sólo seis meses. Naturalmente, la cosa es alarmante…

—¿Con buena salud?

—Muy vigoroso. La niñera nos deja porque el niño patalea con demasiada fuerza. Y todo le queda chico, claro está. Todo, absolutamente todo tiene que rehacérsele, la ropa y todo lo demás. Al cochecillo —un asunto sin importancia— se le rompió una rueda, y tuvimos que llevar al chico a casa en la carretilla del lechero. Toda la gente mirando… Y hemos tenido que volver a poner a Georgina Phyllis en la cuna del chico para poderle poner a él en la cama de Georgina Phyllis. Su madre está, como es natural, muy alarmada. Al principio se sentía muy orgullosa e inclinada a elogiar a Winkles. Pero ahora ya no. Tiene la sensación de que aquello no puede ser sano. Usted ya sabe.

—Creí que intentaba usted disminuir las dosis progresivamente.

—Lo intenté, desde luego.

—¿Y no dio resultado?

—Rugidos, dio. Lo corriente es que el grito de un niño sea fuerte y desesperante, y tiene que ser así por el bien de la especie… Pero desde que ha estado sometido al tratamiento con Heracleoforbia…

—¡Mmm! —murmuró Bensington mirándose los dedos con más resignación de la que había demostrado hasta entonces.

—Prácticamente el asunto acabará por saltar. La gente oirá hablar de este niño, lo relacionará con las gallinas y lo demás, y todo lo que ocurre llegará a oídos de mi mujer… Saber cómo se lo tomará es algo de lo que no tengo la más remota idea.

—Es muy difícil —dijo Bensington— establecer un plan… ciertamente.

Se quitó los lentes y los limpió con cuidado.

—Ese es otro caso de lo que está ocurriendo continuamente. Nosotros —si es que puedo aspirar al adjetivo— los científicos, trabajamos siempre, como es natural, para obtener un resultado teórico, un resultado puramente teórico. Pero, incidentalmente, ponemos en marcha una serie de fuerzas… que son unas fuerzas nuevas. No podemos dominarlas… y no hay nadie que pueda hacerlo. Prácticamente, Redwood, el asunto se nos ha escapado de las manos. Nosotros proporcionamos el material…

—Y ellos —dijo Redwood volviéndose hacia la ventana— adquieren la experiencia.

—Mientras persista el jaleo de Kent, no estoy dispuesto a ocuparme más del problema.

—A menos de que sea éste el que se ocupe de nosotros.

—Exacto. Y si les gusta importunarnos con procuradores y picapleitos y obstrucciones legales y poderosísimas consideraciones del orden de la tontera, hasta que se haya obtenido una gran diversidad de especies gigantes de sabandijas ya bien establecidas… Las cosas siempre han sido embrolladas, Redwood. ¿No le parece?

Redwood trazó en el aire una línea retorcida y complicada.

—Y nuestro interés radica en este momento en su hijo.

Redwood dio media vuelta y se acercó a su colaborador mirándolo fijamente.

—¿Qué piensa usted de él, Bensington? Usted puede mirar esta cuestión con más imparcialidad que yo. ¿Qué voy a hacer con él?

—Pues seguir alimentándolo.

—¿Con Heracleoforbia?

—Con Heracleoforbia.

—Pero así crecerá mucho…

—Crecerá, según lo que yo puedo calcular de las gallinas y avispas, hasta alcanzar la altura de diez metros y medio… con todo lo demás en proporción…

—¿Y qué hará entonces?

—Eso es precisamente —repuso Bensington— lo que hace que el experimento sea tan interesante.

—¡Pero, hombre! ¡Piense en su ropa! —exclamó Redwood—. Y cuando haya crecido del todo será como un Gulliver solitario en un mundo de pigmeos.

La mirada de Bensington, por encima de la montura de oro de sus lentes, estaba preñada de intención.

—¿Por qué solitario? —preguntó con voz opaca—. ¿Por qué solitario?

—¿Pero usted no va a proponer…?

—He dicho —explicó Bensington con la complacencia propia del hombre que acaba de pronunciar una buena frase, llena de significado—: ¿Por qué solitario?

—¿Quiere decir que se podría criar a otros niños?

—No quiero decir nada más allá de mi pregunta.

Redwood empezó a andar de un lado para otro.

—¡Por supuesto! —dijo—. Se podría… ¡Pero así y todo! ¿A dónde vamos a llegar?

Evidentemente, Bensington disfrutaba con su actitud de elevada indiferencia intelectual.

—Lo que más me interesa de todo, Redwood, es pensar que su cerebro, en la cúspide de su persona, también se encontrará, según la línea de mi raciocinio, a unos diez metros y medio por encima de nuestro nivel… ¿Qué ocurre?

Redwood estaba de pie, apoyado en la ventana, mirando el anuncio del carruaje distribuidor de periódicos que iba traqueteando calle arriba.

—¿Qué ocurre? —repitió Bensington levantándose.

Redwood profirió una violenta interjección.

—¿Qué pasa? —preguntó de nuevo Bensington.

—Voy a buscar el periódico —dijo Redwood yendo hacia la puerta.

—¿Por qué?

—Voy a buscar el periódico. Algo que no acabo de entender… ¡Ratas gigantes…!

—¿Ratas?

—Sí, ratas. ¡Skinner tenía razón, después de todo!

—¿Qué quiere usted decir?

—¿Cómo diablos voy a saberlo hasta que no vea el periódico?

¡Grandes ratas! ¡Buen Dios! ¡Me pregunto si se lo habrán comido! —miró alrededor de sí, buscando el sombrero y se decidió a salir sin él.

Al ir bajando los peldaños de dos en dos, pudo oír el tronar de los potentes gritos de los vendedores de periódicos que estaban haciendo su agosto:

—¡Horrible suceso en Kent…! ¡Horrible suceso en Kent! ¡Un médico devorado por las ratas…! ¡Horrible suceso…! ¡Horrible suceso…! ¡Ratas…! ¡Devorado por unas ratas enormes…! ¡Con todos los detalles…! ¡Horrible suceso!

III

Cossar, el bien conocido ingeniero, los encontró en la gran entrada del bloque de pisos. Redwood tenía abierto el húmedo periódico rosado, y Bensington, de puntillas, leía por encima del hombro del otro. Cossar era un gran hombretón, de brazos y piernas flacas y poco elegantes que parecían colocados por casualidad en los ángulos más convenientes de su cuerpo, y un rostro como una talla de madera abandonada en su realización y demasiado poco prometedora para merecer el acabado. La nariz había sido dejada cuadrada y la mandíbula se proyectaba más allá de la línea del maxilar superior. Resollaba más que respiraba. Pocas personas podrían considerarlo guapo. Tenía el pelo enteramente tangencial y su voz, que emitía con muy poca frecuencia, tenía un tono alto y generalmente una calidad de amarga protesta. Siempre llevaba traje gris y sombrero de copa. Cossar metió su enorme mano rojiza en el abismal bolsillo de su pantalón, pagó al cochero y subió los peldaños jadeando con resolución, un ejemplar del periódico cogido por la mitad como el rayo de Júpiter.

—¿Skinner? —decía Bensington sin darse cuenta de la llegada de Cossar.

—No queda nada de él —dijo Redwood—. Seguramente los habrán devorado a los dos. Es demasiado terrible… ¡Hola, Cossar!

—¿Es cosa de ustedes? —preguntó Cossar mostrando el periódico—. Bueno, ¿por qué no acaban de una vez? ¡Por favor!

Y añadió, gritando:

—¿Quieren comprar la finca? ¡Qué tontería! ¡Quemarla es lo que hay que hacer! Ya sabía yo que ustedes lo enredarían todo, ¿qué van a hacer ahora? Pues… lo que yo les diga.

«¿Usted? Eche usted calle arriba hasta el armero, claro. ¿Para qué? A buscar armas. Sí… sólo hay una tienda. ¡Compre ocho fusiles! Rifles. ¡No! ¡Rifles para elefantes, no…! Demasiado grandes. Ni fusiles de los que usa el ejército… demasiado pequeños. Diga que es para matar… un toro. ¡Diga que es para ir a cazar búfalos! ¿Ve usted? ¿Eh? ¿Ratas? ¡No! ¿Cómo diablos podrían comprenderlo…? Porque necesitamos ocho. ¡Y compre gran cantidad de municiones…! ¡No! Póngalo todo en un coche y vaya… ¿dónde está eso? ¿Urshot? A la estación de Charing Cross, entonces. Hay un tren… Coja el primero que salga después de las dos. ¿Cree usted que podrá hacerlo? Perfectamente. ¿Licencia? Claro, vaya a buscar ocho a la oficina de Correos. Licencias para fusil, ¿comprende usted? No para escopeta. ¿Por qué? ¡Porque son ratas, hombre…! Y usted, Bensington, ¿tiene teléfono? ¿Sí? Llamaré a cinco de mis amigos de Ealing. ¿Por qué cinco? ¡Porque es el número apropiado…!

«¿A dónde va usted, Redwood? ¡A coger su sombrero! ¡Tonterías! Aquí tiene el mío. ¡Lo que usted necesita son fusiles… no sombreros, hombre! ¿Tiene usted dinero? ¿Suficiente? Muy bien. Hasta la vista».

«¿Dónde está el teléfono, Bensington?»

Bensingon giró obedientemente sobre sus talones y despejó el camino.

Cossar utilizó el aparato y luego colgó el auricular.

—Luego hay las avispas —dijo—. Azufre y nitrato son la solución. Evidentemente. Sulfato de cal. Usted es químico. ¿Dónde puedo adquirir azufre a toneladas en sacos portables? ¿Para qué? ¡Pero, hombre! ¡Válgame Dios…! ¡Para ahumar el nido, qué caray! Supongo que debe hacerse con azufre, ¿eh? Usted que es químico, dígame… El azufre es lo mejor, ¿eh?

—Sí, creo que lo mejor será el azufre.

—¿No hay nada mejor…?

«Bien. Eso es cosa de usted. Perfectamente. Coja tanto azufre como pueda… y nitrato para que arda bien. ¿A dónde hay que enviarlo? A Charing Cross. Adelante. Ocúpese de que se haga. En seguida. ¿Algo más?»

Se quedó pensando un momento.

—Sulfato de cal… o cualquier clase de yeso… para taponar el nido… los agujeros, ¿entiende? De eso será mejor que me ocupe yo mismo.

—¿Cuánto?

—¿Cuánto qué?

—Azufre.

—Una tonelada. ¿De acuerdo?

Bensington se afianzó los lentes con mano trémula de determinación.

—Bien —murmuró muy secamente.

—¿Lleva dinero en el bolsillo? —preguntó Cossar.

—Cheques.

—¡Al cuerno los cheques! Es posible que no lo conozcan. Pague al contado. Es obvio. ¿Dónde está su banco? Bien. Entre al pasar por allí y saque cuarenta libras… en billetes y en oro.

Otra meditación.

—Si dejamos esta tarea a los funcionarios públicos dejarán todo Kent hecho un guiñapo —dijo Cossar—. Bueno, ¿hay algo más? ¡No! ¡¡Eh!!

Alargó una enorme mano hacia un cabriolé que se detuvo convulsivamente ansioso de servirlo

—¿Coche, señor? —preguntó el cochero.

—Evidentemente —dijo Cossar; y Bensington, aún sin sombrero, bajó desmañadamente los peldaños y se preparó a subir en el coche.

—Me parece —dijo con una mano puesta en la manta de cuero del cabriolé y echando una repentina mirada a las ventanas de su piso— que debería decírselo a mi prima Jane…

—Ya se lo explicará usted cuando vuelva —repuso Cossar empujándolo con la manaza extendida sobre su espalda…

—Son unos muchachos muy inteligentes —subrayó Cossar—, pero desprovistos de toda iniciativa. ¡Vaya con la prima Jane! La conozco. ¡Al cuerno todas las primas Janes! El país se halla infestado de ellas. Supongo que tendré que pasarme toda la maldita noche vigilando que hagan lo que ellos saben muy bien que tienen que hacer. No sé si serán los trabajos de investigación lo que los hace ser de este modo, o la prima Jane, o qué.

Apartó de su mente este oscuro problema, meditó unos momentos mirando su reloj y decidió que tenía el tiempo justo para dejarse caer en un restaurante a comer antes de salir en busca de yeso y de transportarlo a Charing Cross.

El tren salía a las tres y cinco, y Cossar llegó a Charing Cross a las tres menos cuarto para encontrar a Bensington en acalorada discusión con los policías y su cochero, y con Redwood en la oficina de embalajes, enredado en alguna complicación técnica sobre sus municiones. Todo el mundo pretendía hacer ver que no sabía nada o que no tenía autoridad para resolver nada, de aquel modo tan peculiar en los empleados de la Compañía del Sudeste cuando se dan cuenta de que uno lleva mucha prisa, porque no saben nada, o porque no tienen autoridad.

—¡Es una pena que no se pueda fusilar a todos estos empleados y poner aquí un lote nuevo! —remarcó Cossar exhalando un suspiro.

Pero el tiempo era demasiado limitado para ejecutar nada fundamental, y así Cossar, sin hacer caso de esas controversias menores, logró desenterrar en algún oscuro escondrijo lo que puede que fuera y puede que no el jefe de estación, fue de un lado a otro de la estación, llevándolo agarrado del brazo y dando órdenes en su nombre, y salió de la estación con todo el mundo antes de que aquel digno funcionario se hubiese dado cuenta cabal de las infracciones a los reglamentos y de las costumbres más sagradas que se estaban cometiendo.

—¿Quién era ése? —preguntó el supuesto jefe de estación, acariciándose el brazo al que Cossar se había agarrado y sonriendo cejijunto.

—Era un caballero, señor —dijo un mozo de cuerda—. Él y sus amigos viajan en primera.

—Bien, hemos arreglado sus cosas con rapidez… sean quien fueren —dijo el supuesto jefe frotándose el brazo con algo aproximado a la satisfacción.

Y al volverse lentamente, pestañeando bajo la desacostumbrada luz del día, hacia aquel digno retiro donde los altos empleados de Charing Cross se refugian de las inoportunidades del vulgo, sonrió aún al recordar su poca acostumbrada energía. Era una revelación gratificante de sus propias posibilidades, a pesar del calambre del brazo. En aquel momento deseaba que hubiera sido posible que algunas de esas personas comodonas que critican la dirección de los ferrocarriles le hubiesen podido ver.

IV

A las cinco de la tarde aquel asombroso Cossar, sin ninguna apariencia de prisa, había sacado de la estación de Urshot todo su material de lucha contra el Engrandecimiento insurgente y lo había puesto en ruta para Hickleybrow. En Urshot había comprado dos barriles de parafina y una carga de ramalla seca; abundantes sacos de azufre, ocho fusiles para caza mayor con su correspondiente munición, tres armas ligeras de retrocarga, con perdigones, para las avispas, un hacha pequeña, dos hoces, un pico y tres palas, dos rollos de cuerda, algunas botellas de cerveza, soda y whisky. Una gruesa de paquetes de polvos raticidas y provisiones de boca para tres días que habían venido de Londres. Todas estas cosas las había mandado en un vagón de heno y otro de carbón, del modo más natural del mundo, excepto los fusiles y municiones que había acondicionado debajo de un asiento del birlocho del Red Lion, destinado a transportar a Rewood y a los cinco hombres escogidos que habían llegado a Ealing a requerimiento de Cossar.

Cossar condujo todas aquellas transacciones con un aire de naturalidad invencible, a pesar de que Urshot estaba presa de pánico a causa de las ratas y todos los carreteros tuvieron que ser pagados con tarifas especiales. Todas las tiendas del lugar estaban cerradas, apenas se veía un alma por la calle, y al llamar a una puerta lo que se abría era una ventana. Cossar pareció que consideraba que la transacción de los negocios desde las ventanas fuese un método enteramente legítimo y justificado. Finalmente, él y Bensington se acomodaron en el carro del Red Lion y se pusieron en marcha con el birlocho para alcanzar el equipaje, cosa que consiguieron pasado el cruce de carreteras, y así llegaron los primeros a Hickleybrow.

Bensington, con un fusil entre las piernas, sentado al lado de Cossar en el carro, fue desarrollando un asombro largamente germinado. Todo lo que estaban haciendo era, sin duda, tal como insistía en decirlo Cossar, lo único que evidentemente debía hacer, sólo que... ¡Es tan raro que en Inglaterra se haga lo único que evidentemente debe hacerse! Recorrió con la mirada a su vecino, desde los pies hasta las audaces manos que sostenían las riendas. Al parecer, Cossar no había conducido nunca hasta entonces, y estaba guardando la línea de menor resistencia por el mismo centro de la carretera, inducido sin duda por alguna idea propia seguramente práctica, pero ciertamente poco usual.

«¿Por qué no hacemos todos lo que es práctico? —pensó Bensington—. ¡Cómo andaría el mundo si todos lo hicieran!

Vamos a ver, por ejemplo, ¿por qué no hago yo un montón de cosas que me consta que estarían muy bien hechas, cosas que yo precisamente quiero hacer? ¿Será que todo el mundo es así, o es algo peculiar de mí mismo?». Y se enfrascó en complicadas especulaciones sobre la Voluntad. Pensó en las complejas futilidades de la vida cotidiana, y en contraste con ellas las sencillas y manifiestas cosas que uno debiera hacer, las agradables y espléndidas cosas que habría que hacer, y que ciertas influencias increíbles no nos permitirán hacerlas nunca. ¿La prima Jane? Percibió que la prima Jane era un factor muy importante en aquella cuestión, por alguna razón sutilísima y difícil de aclarar. ¿Por qué motivo, después de todo, tenemos que comer, beber, dormir, permanecer solteros, ir a tal sitio, abstenernos de ir a tal otro, por deferencia a la prima Jane? Ella se volvía simbólica sin dejar de ser incomprensible...

Un portillo y un sendero a campo traviesa le llamaron la atención y le trajo a la memoria aquel otro día feliz, tan reciente en el tiempo y tan remoto en sus emociones, cuando había ido caminando desde Urshot a la Granja Experimental para ver los pollos gigantes...

El destino juega con nosotros.

—¡Arre, arre! —dijo Cossar—. Prepárense.

Era avanzada la tarde, sin un soplo de aire, y el polvo formaba una capa espesa en la carretera. Había muy poca gente visible, pero los ciervos, al otro lado de la empalizada del parque, pacían en completa tranquilidad. Vieron un par de grandes avispas despojando un grosellero silvestre en las afueras de Hickleybrow, y otra que se estaba paseando arriba y abajo sobre el cristal del escaparate de una pequeña tienda de comestibles en la calle del pueblo, buscando entrar. El tendero era vagamente visible en el interior; llevaba una escopeta en la mano, y vigilaba atentamente los esfuerzos del insecto. El conductor del carricoche se detuvo frente al local de los Jolly Drovers, informando a Redwood de que su parte del contrato quedaba cumplida.

En esta cuestión fue inmediatamente apoyado por los conductores del coche y del carro. No sólo sostuvieron todo lo dicho, sino que se negaron a que los caballos siguieran hasta más lejos.

—Esas ratas grandes se enloquecen por los caballos —iba repitiendo el carretero.

Cossar examinó el alcance de la controversia durante un momento.

—Saquen todo fuera del carricoche —dijo, y uno de sus hombres, un mecánico alto, rubio y sucio, obedeció.

—Deme ese fusil —dijo Cossar.

Y a continuación se colocó entre los carreteros.

—No necesitamos más de ustedes —concedió—, pero necesitamos los caballos. Pueden protestar lo que les venga en gana.

Ellos empezaron a discutir, pero Cossar siguió hablando.

—Si intentan atacarnos, les dispararé contra las piernas en defensa propia. Los caballos continuarán su camino.

Y dio el incidente por terminado.

—Súbase al coche, Flack —ordenó a un hombrecillo tieso como un alambre. Y a otro—: Boon, encárguese del carro.

Los dos carreteros estallaron de indignación.

—Han cumplido ustedes con su deber para con sus patrones —dijo Redwood—. Quédense en este villorio hasta nuestro regreso. Nadie se los echará en cara, puesto que nosotros estamos armados. No queremos hacer nada que sea injusto ni violento, pero la ocasión no admite demoras. Si algo ocurriera a los caballos, los indemnizaré enteramente.

—Ya está bien —dijo Cossar, que raras veces hacía promesas.

Dejaron el carricoche, y los hombres que no conducían siguieron a pie.

Cada hombre con su fusil. Era la más rara expedición que pudiera contemplarse en una carretera provincial inglesa, más parecida a una expedición yanki en pos del viejo Oeste de los indios.

Siguieron carretera arriba, hasta llegar al portillo que había en la cumbre de la colina, desde donde se divisaba la Granja Experimental. Allí se encontraron con un pequeño grupo de hombres con un fusil o dos —los dos Fulcher estaban entre ellos—, y uno del grupo, un forastero de Maidstone, permanecía algo destacado de los demás observando el panorama con unos prismáticos de teatro.

Estos hombres se volvieron y contemplaron al grupo capitaneado por Redwood.

—¿Algo nuevo? —preguntó Cossar.

—Las avispas van y vienen —contestó el viejo Fulcher—, pero no puedo ver si llevan algo.

—La enredadera amarilla ya se ha metido entre los pinos —dijo el hombre de los prismáticos—, y esta mañana aún no había llegado allá. Se la puede ver crecer mientras se la observa.

Se quitó un pañuelo del bolsillo y limpió los lentes de los prismáticos con cuidadosa deliberación.

—Supongo que irán ustedes allí —aventuró Skelmersdale.

—¿Quiere venir con nosotros…? —dijo Cossar.

Skelmersdate pareció vacilar.

—La faena durará toda la noche.

Skelmersdale decidió no ir.

—¿Hay ratas por ahí? —preguntó Cossar.

—Había una en los pinos esta mañana… cazando conejos, eso creemos.

Cossar se inclinó un poco, y aceleró el paso para alcanzar a los demás.

Bensington, al volver a ver la Granja Experimental, pudo calibrar el vigor del Alimento. Su primera impresión consistió en ver la casa más pequeña de lo que creía, mucho más pequeña; su segunda impresión fue la de tener que constatar que toda la vegetación situada entre la casa y el pinar se había desarrollado extraordinariamente. El tejadillo sobre el pozo sobresalía un poco en medio de matorrales de hierba de una altura de dos metros y medio, y la enredadera amarilla se enroscaba alrededor de la chimenea y gesticulaba con sus tiesos zarcillos en dirección al cielo. Sus flores eran unas vividas manchas amarillas, distintas y perfectamente visibles como motas separadas a casi una milla de distancia. Un gran cable verde se había enroscado alrededor y a través de los grandes cercados de alambre del gallinero, echando retorcidos tallos cubiertos de hojas alrededor de los majestuosos pinos. A mitad de la altura de éstos llegaba el seto de ortigas que daba la vuelta por detrás de la cochera. Al irse acercando, todo iba tomando el aspecto, cada vez más acentuado, de una incursión de pigmeos a una casa de muñecas olvidada en el rincón de un gran jardín.

Vieron que había un gran tráfico de idas y venidas en el avispero. Un enjambre de formas negras se entrelazaba en el aire, por encima del rojizo cerro más allá del pinar, y de vez en cuando una de las avispas partía hacia el firmamento a una velocidad increíble, elevándose hacia cierto objeto lejano. Su zumbido podía oírse a un kilómetro de distancia de la Granja Experimental. En una ocasión uno de los monstruos listados de amarillo descendió hacia ellos, quedando suspendido en el espacio durante unos momentos y mirándolos con sus grandes ojos, pero ante un disparo poco efectivo de Cossar, salió disparado como una flecha. En un rincón del campo, a la derecha y a bastante distancia, algunas avispas arrastraban algo por el suelo, y por la roída osamenta de lo que constituía probablemente los restos del cordero que las ratas llevaron a rastras desde la granja de Huxter. Los caballos se fueron impacientando a medida que se acercaban a aquellas bestias. Ninguno de los que formaban parte del grupo era experto en la conducción de caballerías, y tuvieron que destinar a un hombre para cada caballo, con la misión de llevarlo del ronzal y atentarlo de viva voz.

Nada pudieron ver de las ratas al aproximarse a la casa, y todo parecía estar perfectamente quieto excepto el creciente y decreciente «juzzzzzzZZZ, juuuuzuuuu» del avispero.

Llevaron los caballos hasta el patio, y uno de los hombres de Cossar, al ver la puerta abierta —la parte central de la puerta había sido roída por completo —, se metió en la casa. Nadie lo echó de menos por el momento, ya que los demás se hallaban ocupados con los barriles de parafina, y la primera noticia que tuvieron de su separación del grupo fue la detonación de su fusil y el zumbido de un proyectil. «Bang, bang», dispararon los dos cañones, y la primera bala, a lo que parece, traspasó el barril de azufre destrozando una duela en el punto de salida y llenando la atmósfera de polvo amarillo. Redwood, que no había soltado su fusil, disparó contra algo grisáceo que pasó brincando por su lado. Le quedó la imagen de los anchos cuartos traseros, el largo rabo escamoso, y las alargadas plantas de las patas traseras de una rata, y disparó otra vez. Vio como Bensington caía, mientras el animal desaparecía a la vuelta de la esquina.

Entonces, durante un buen rato, todo el mundo estuvo ocupado disparando. Durante tres minutos las vidas se vendieron baratas en la Granja Experimental, y las detonaciones de los fusiles llenaron la atmósfera. Redwood, excitado y sin prestar atención a Bensington, salió en persecución de lo que fuere, y fue derribado por una masa de fragmentos de ladrillos, mortero, yeso y listones podridos que le cayeron encima volando al atravesar una bala la pared.

Se encontró sentado en el suelo, con sangre en las manos y en los labios, y una quietud que se extendía a su alrededor.

Entonces, una voz sin ningún matiz exclamó desde dentro de la casa:

—¡Ehhh!

—¡Hola! —exclamó Redwood.

—¡Hola! ¿Qué tal? —contestó la voz, y añadió—: ¿La han cogido?

El deber de la amistad resucitó en Redwood.

—¿Está herido el señor Bensington? —preguntó.

El hombre del interior no lo oyó bien.

—Nadie tiene la culpa si no lo estoy —dijo la voz desde adentro.

Redwood advirtió con claridad que era posible que hubiera herido a Bensington. Se olvidó de los cortes en la cara, y levantándose penetró en el edificio para encontrarse con Bensington sentado en el suelo y frotándose el hombro. El científico lo miró por encima de los lentes.

—La hemos acribillado, Redwood —explicó—. Intentó saltar por encima de mí y me derribó. Pero yo le di con ambos cañones, y ¡caramba! ¡por la forma que me duele estoy seguro de que me ha herido en el hombro! Un individuo apareció en el umbral.

—Le he metido una bala en el pecho y otra en el costado —dijo.

—¿Dónde están los carruajes? —preguntó Cossar apareciendo en medio de una espesura de hojas gigantes de la enredadera amarilla.

Se hizo evidente, ante la estupefacción de Redwood, primero, que nadie había resultado herido, y que, segundo, el birlocho y el carro se habían desviado unos cincuenta metros y se hallaban, con las ruedas atascadas, entre las enredadas distorsiones del huerto de Skinner. Los caballos habían cesado de tirar. A mitad de la distancia, el roto barril de azufre yacía en el sendero, con una nube de polvo sulfúreo planeando por encima, Redwood se lo indicó a Cossar y se dirigió hacia el lugar.

—¿Alguien ha visto a esa rata? —gritó Cossar siguiéndolo—. Le di un tiro en las costillas, y otro en pleno hocico, al revolverse contra mí.

Otros dos hombres se les unieron mientras intentaban desatascar las ruedas.

—Yo he matado a la rata —dijo uno de ellos.

—¿La han cogido ya? —preguntó Cossar.

—Jim Bates la ha encontrado detrás del seto. Le di en el mismo momento de doblar la esquina… La bala entró por detrás del hombro.

Cuando las cosas volvieron a estar un poco en orden, Redwood fue a contemplar el gigantesco y deforme cadáver. La bestia yacía de costado, con el cuerpo levemente doblado. Sus dientes de roedor, sobresaliendo de su mandíbula hundida, daban a aquella cara un aspecto de debilidad colosal, de enclenque avidez. No parecía en absoluto ni feroz ni terrible. Sus patas delanteras recordaban unas manos flacas y consumidas. Exceptuando un limpio agujero redondo de bordes chamuscados, a ambos lados del cuello, la bestia estaba absolutamente intacta. Redwood meditó sobre este hecho durante algún rato.

—Debieron ser dos ratas —dijo, por fin, alejándose.

—Sí. La que fue acribillada por todos escapó.

—Estoy seguro de que mi tiro…

Un zarcillo de enredadera amarilla, atareado con aquella misteriosa búsqueda de un sostén que constituye el oficio de un zarcillo, se inclinó amablemente hacia el cuello de Redwood, y le hizo dar un presuroso salto a un costado.

—Juu-z-z-z-z-z-z-z-Z-Z-Z —se oyó en el distante avispero—. Juu-uu-zuu-uu.

V

El incidente mantuvo alerta al grupo expedicionario, pero no lo trastornó.

Metieron sus pertrechos en la casa, la cual, evidentemente, había sido saqueada por las ratas después de la huida de la señora Skinner, y cuatro de los hombres se encargaron de devolver los caballos a Hickleybrow. Arrastraron la rata muerta a través del seto hasta dejarla en posición tal que pudiera verse desde las ventanas de la casa, e incidentalmente se encontraron con un enjambre de tijeretas gigantes en una zanja. Estos animales se dispersaron precipitadamente, pero Cossar pudo alcanzar un número incalculable de patas y mató muchas tijeretas a taconazos y a culatazos. Luego dos de los hombres se abrieron camino a hachazo limpio a través de los tallos principales de la enredadera amarilla, en realidad enormes cilindros de más de cincuenta centímetros de diámetro, que surgían al lado del sumidero en la parte trasera del edificio. Y mientras Cossar ponía la casa en orden para pasar la noche,

Bensington, Redwood y uno de los electricistas auxiliares se dirigieron cautelosamente a explorar los gallineros en busca de ratoneras.

Dieron un gran rodeo alrededor de las ortigas gigantes, porque estos enormes hierbajos los amenazaban con espinas envenenadas de cerca de tres centímetros de largo. Luego, al dar la vuelta al roído y desmantelado portillo, un poco más allá, se encontraron súbitamente con la enorme garganta cavernosa de las más occidental de las ratoneras, maloliente sima que les hizo ponerse muy juntos y en hilera.

—Espero que saldrán —dijo Redwood dando una ojeada al cobertizo del pozo.

—Si no salen… —reflexionó Bensington.

—Saldrán —afirmó Redwood.

Se quedaron meditando.

—Si nos metemos dentro tendremos que conseguir algún tipo de luz —dijo Redwood.

Subieron por un pequeño sendero de blanca arena a través del pinar, y en seguida se detuvieron al divisar el avispero.

El sol se iba al ocaso, y las avispas regresaban a su hogar en busca de refugio; sus alas, bajo la dorada luz poniente, formaban veloces halos que giraban a su alrededor. Los tres hombres se quedaron acechando desde abajo de los árboles —no se sentían con ánimos para ir hasta el confín del bosque— y permanecieron observando cómo aquellos tremendos insectos descendían y se arrastraban unos pasos para entrar en el avispero y desaparecer.

—Estarán quietas un par de horas… —dijo Redwood—. Me siento muchacho otra vez.

—No podemos equivocarnos —dijo Bensington—, por oscura que sea la noche. Y a propósito… que hay sobre la luz…

—Luna llena —dijo el electricista—. Ya me he enterado.

Regresaron por el mismo camino y consultaron con Cossar.

Éste dijo que «evidentemente» debían transportar el azufre, el nitrato y el yeso a través del bosque antes del crepúsculo, y a este efecto descargaron y transportaron los sacos. Después de los gritos necesarios para dar las instrucciones preliminares, no se pronunció ni una sola palabra, y al irse amortiguando el zumbido de las avispas en el avispero, apenas podía oírse otra cosa en el mundo que no fuesen las pisadas, el pesado respirar de los hombres cargados y el ruido sordo de los sacos al ser descargados. Se hicieron turnos para realizar aquella tarea en la que colaboraron todos excepto Bensington, manifiestamente inútil para estos menesteres. Se quedó de centinela en el dormitorio de los Skinner, con un rifle en la mano, vigilando la carcasa de la rata muerta, mientras los demás siguieron con los turnos para descansar del transporte de los sacos y para quedar de guardia en parejas vigilando las ratoneras desde detrás del ortigal. Los sacos polínicos de las ortigas estaban maduros, y de vez en cuando la velada se animaba con su dehiscencia, y el estallido de los sacos sonaba como un disparo de pistola; entonces los granos de polen, grandes como perdigones, resonaban a todo su alrededor.

Bensington permanecía sentado detrás de su ventana en un sillón tapizado con cuero de caballo, el respaldo cubierto con una harapienta funda que había dado un toque de distinción al salón de los Skinner durante buenos años. Dejó apoyado el rifle en el alféizar de la ventana, mientras sus lentes vigilaban, en la creciente tiniebla, a veces la oscura masa de la rata muerta y otras veces vagaban a su alrededor en curiosa meditación. Se olía un poco a parafina porque uno de los barriles rezumaba, y este olor se mezclaba con el menos desagradable procedente de la tronchada y aplastada enredadera.

En el interior, cuando Bensington volvió la cabeza, le llegó una mezcla de sutiles olores domésticos: cerveza, queso, manzanas podridas y calzado viejo como temas principales; le trajeron reminiscencias de los desaparecidos Skinner. Contempló durante un buen rato la habitación sumida en la penumbra. Los muebles habían sido muy desordenados —quizá por parte de alguna rata inquisitiva— pero una chaqueta colgada de una percha detrás de la puerta, una navaja de afeitar junto a unos sucios pedacitos de papel y un trozo de jabón que, gracias a innumerables años de desuso, se había endurecido en una especie de cubo, recordaban la distintiva personalidad de Skinner. Se le ocurrió a Bensington, con una sensación de completa novedad, que, con toda probabilidad, el hombre aquel había sido muerto y devorado, al menos en parte, por el monstruo que ahora yacía muerto, allí, en la oscuridad.

¡Y pensar a lo que puede conducir un descubrimiento químico aparentemente inofensivo!

Allí estaba él, en la tranquila Inglaterra, y, no obstante, bajo la inminencia de infinitos peligros, con un fusil, en una casa medio derruida iluminada por el crepúsculo, alejado de cualquier comodidad y con el hombro espantosamente magullado por el retroceso del fusil, y… ¡por Júpiter!

Se dio cuenta entonces de lo profundo que el orden del universo había cambiado para él. Se había metido directamente en aquella pavorosa aventura, ¡sin decir una palabra de ello a su prima Jane!

¿Qué estaría pensando de él?

Intentó imaginárselo y no pudo. Se sintió invadido por la extraordinaria sensación de que ella y él se habían despedido para siempre y de que jamás volverían a encontrarse. Tuvo también la impresión de que había dado un paso en un mundo de nuevas inmensidades. ¿Qué otros monstruos serían capaces de esconder aquellas espesas tinieblas...? Las extremidades de las ortigas gigantes se destacaban, tajantes y negras, contra el fondo ámbar y de un verde diluido del cielo occidental. Todo se hallaba muy quieto, quieto de veras. Se preguntó por qué no oía a los demás que se hallaban a la vuelta de la esquina de la casa. La penumbra de la cochera era ya de un negro abismal.

¡Bang...! ¡Bang...! ¡Bang...!

Una secuencia de ecos y un grito.

Un largo silencio.

¡Bang!, otra vez, y una disminución de ecos.

Quietud.

Luego, ¡gracias a Dios!, Redwood y Cossar surgieron de la oscuridad, y Redwood lo llamaba:

—¡Bensington...! ¡Bensington...! ¡Hemos cazado otra rata!... Cossar liquidó otra rata.

VI

Cuando la Expedición acabó su refrigerio, ya había caído la noche. Las estrellas ostentaban su máximo fulgor y la creciente palidez que se extendía por el lado de Hankey era el heraldo de la luna. Se había mantenido la guardia las ratoneras, pero los centinelas se habían trasladado a la pendiente del cerro, por encima de las aberturas, considerando que desde aquel puesto sería más ventajoso disparar. Acamparon allí, sobre el suelo cubierto de rocío, combatiendo la humedad con whisky. Los demás permanecieron descansando en la casa, y los tres líderes discutieron la tarea nocturna con los hombres. La luna salió a medianoche, y tan pronto como su disco se hubo desprendido del horizonte, todos los componentes de la expedición, excepto los centinelas de la ratonera, se pusieron en marcha en fila india hacia los avisperos, con la conducción de Cossar.

En lo que al avispero se refiere, encontraron la tarea muy fácil, asombrosamente fácil. Excepto del hecho de ser una labor prolongada, no fue más serio de lo que habría sido con un avispero corriente. Hubo peligro, sin duda alguna, peligro de muerte, pero nunca llegó a materializarse en aquella portentosa ladera. Embutieron el azufre y el salitre, enyesaron a conciencia los agujeros y prendieron fuego al combustible. Luego, en un común impulso, todo el grupo —excepto Cossar— dio media vuelta y echó a correr a través de las alargadas sombras de los pinos; viendo que Cossar se había quedado atrás, se detuvieron apiñándose a una distancia de un centenar de metros, al lado de una zanja muy conveniente que podría servir de refugio. Durante uno o dos minutos, la noche bañada por el resplandor lunar, todo blanco y negro, se llenó de un sofocado zumbido, que fue elevándose hasta convertirse en una especie de rugido, en una nota profunda y sostenida, que, después de su culminación, fue amortiguándose y murió; y entonces, de un modo casi increíble, la noche quedó silenciosa.

—¡Por Júpiter! —exclamó Bensington—. ¡Ya está!

Todos prestaron atención. La ladera, por encima de los negros encajes de las sombras de los pinos, parecía tan clara como de día y tan incolora como la nieve. El yeso, secándose en los agujeros del avispero, brillaba. El desgarbado corpachón de Cossar se dirigió hacia ellos.

—Hasta ahora… –empezó a decir Cossar.

¡Crac…! ¡Bang…!

Un disparo desde cerca de la casa, y luego… silencio.

—¿Qué fue eso? —preguntó Bensington.

—Una de las ratas que habrá asomado el hocico —supuso uno de los hombres.

—A propósito; nos hemos dejado las armas allá arriba —dijo Redwood.

—Sí, al lado de los sacos.

Todo el mundo echó a andar montaña arriba otra vez.

—Deben de ser las ratas —dijo Bensington.

—¡Evidentemente! —repuso Cossar, mordisqueándose las uñas.

¡Bang!

—¡Ehhh! —exclamó uno de ellos.

Entonces, bruscamente, se oyó un grito, dos disparos, otro grito mucho mayor que era casi un alarido, tres disparos en rápida sucesión, y un ruido de madera que se astilla. Todos estos ruidos se percibieron muy claramente, como elementos muy pequeños dentro de la inmensa quietud de la noche. Luego, durante algunos momentos no se oyó nada, sino una breve confusión sorda procedente de la dirección de las ratoneras, y luego, otra vez, un aullido salvaje… Cada uno de los hombres echó a correr en busca de sus fusiles.

Dos disparos.

Bensington se encontró, fusil en la mano, andando dificultosamente por entre los pinos, detrás de unas cuantas espaldas que retrocedían. Lo curioso es que su idea principal en aquel momento estaba centrada en el deseo de que su prima Jane pudiese verlo. Sus botas bulbosas y cortajeadas se movían desacompasadamente dando grandes zancadas y su rostro estaba contorsionado por una permanente sonrisa forzada, ya que así se le arrugaba la nariz y podía mantener los lentes en su sitio. Tenía la boca del arma de fuego proyectada horizontalmente frente a él, mientras iba transitando por la cuadrícula iluminada y sombreada por la luz de la luna. El hombre que había echado a correr se encontró con el grupo corriendo a toda velocidad… ¡Había perdido su fusil!

—¡Eh! —dijo Cossar tomándole en sus brazos—. ¿Qué pasa?

—Salieron todas juntas —contestó el hombre.

—¿Las ratas?

—Sí. Seis.

—¿Dónde está Flack?

—Abajo.

—¿Qué dice? —jadeó Bensington, pero nadie le prestó atención.

—¿Flack está abajo?

—Cayó… Salieron una tras otra.

—¿Qué?

—Una acometida. Disparó con los dos cañones.

—¿Y ha abandonado a Flack?

—Se nos echaron encima.

—¡Vamos! —ordenó Cossar—. Usted se viene con nosotros. ¿Dónde está Flack? Enséñenos el sitio.

El grupo entero comenzó a avanzar. Otros detalles de la refriega fueron surgiendo de la boca del fugitivo. Los otros se apiñaban a su alrededor, excepto Cossar que iba en cabeza.

—¿Dónde están?

—Habrán vuelto a sus madrigueras, quizá. Yo me escapé. Las ratas echaron a correr hacia la entrada de la ratonera.

—¿Qué quiere decir? ¿Ustedes dos estaban quizá detrás de ellas?

—Nos metimos en la madriguera. Vimos que iban a salir e intentamos cortarles la salida. Salieron a saltos… como conejos. Apuntamos y disparamos. Empezaron a correr de un lado para otro como locas, después de nuestro primer disparo, y, de repente, se nos echaron encima. Venían a por nosotros.

—¿Cuántas?

—Seis o siete.

Cossar siguió el sendero hasta el límite del pinar y allí se detuvo.

—¿Quiere usted decir que cogieron a Flack? —preguntó alguien.

—Una de las ratas se abalanzó sobre él.

—Y usted, ¿no disparó?

—¿Cómo podía disparar?

—¿Todos llevan el arma cargada? —preguntó Cossar por encima del hombro.

Hubo un movimiento afirmativo.

—Pero Flack… —murmuró uno.

—¿Quiere usted decir que Flack…? —protestó otro.

—No hay tiempo que perder —dijo Cossar. Y gritó—: ¡Flack…! —mientras seguía andando a la cabeza del pelotón. Avanzaron hacia las ratoneras con el hombre que había escapado en la retaguardia del grupo. Se adelantaron por entre los enormes hierbajos y dieron un pequeño rodeo para no tropezar con el cadáver de la segunda rata muerta. Se extendieron formando una línea sinuosa, cada hombre apuntando con su fusil, escrutándolo todo bajo la clara luz lunar en busca de alguna silueta sospechosa, de alguna ominosa forma agazapada. Encontraron el seguida el fusil del hombre que había echado a correr a escape.

—¡Flack! —gritó Cossar—. ¡Flack…!

—Echó a correr por entre las ortigas y se cayó —confesó el hombre que había huido.

—¿Dónde?

—Por allá.

—¿Dónde cayó?

El hombre vaciló y los condujo a través de las alargadas sombras negras durante un trecho. Luego se volvió.

—Creo que por aquí.

—Bueno, pues ahora ya no está.

—Pero ¿y su fusil…?

—¡Maldición! —exclamó Cossar—. ¿Dónde habrá ido?

Dio un paso hacia las negras sombras de la ladera que ocultaban las ratoneras y se quedó mirando fijamente. Luego volvió a soltar un terno.

—¡Si se lo han llevado a rastras…!

Durante unos momentos se quedaron sin hacer nada, comunicándose con fragmentos de ideas. Los lentes de Bensington brillaban cómo diamantes al fijar la mirada en sus acompañantes. Los rostros de los hombres cambiaban de una fría claridad a una misteriosa oscuridad, según se pusieran de cara o a espaldas a la luna. Todo el mundo hablaba, pero nadie completaba una frase. Entonces, Cossar, bruscamente, tomó una decisión. Empezó a agitar los brazos en todas direcciones y a lanzar órdenes como si fueran perdigones. Era evidente que necesitaba lámparas. Todos, menos Cossar, se dirigieron hacia la casa.

—¿Se va usted a meter en las ratoneras? —preguntó Redwood.

—Evidentemente —dijo Cossar.

Precisó una vez más que necesitaba que le trajeran los faroles del carro y el coche.

Bensington aprovechó la ocasión y echó a andar por el sendero del pozo. Miró por encima del hombro y vio la destacada y gigantesca figura de Cossar, como si estuviese contemplando las ratoneras pensativamente. Ante aquel espectáculo, Bensington se detuvo un momento y se volvió. ¡Estaban todos abandonando a Cossar…!

Cossar era perfectamente capaz de arreglarse solo, desde luego.

De repente, Bensington vio algo que le hizo gritar sin que le saliera la voz:

—¡Ay!

En un instante tres ratas se habían proyectado hacia Cossar, saliendo de la oscura maraña de la enredadera. Durante tres segundos éste no se dio cuenta de su presencia, y en seguida se transformó en la cosa más activa que hubiera en el mundo. No disparó un tiro. Al parecer no tuvo tiempo de afinar la puntería, ni de apuntar siquiera. Bensington vio como se agazapaba ante el salto de una rata y cómo le aplastaba la nuca con la culata del fusil. El monstruo dio un brinco y giró sobre sí mismo, cayendo al suelo.

La silueta de Cossar se perdió de vista entre la hierba que más bien parecía cañaveral, y luego volvió a surgir, corriendo hacia otra de las ratas y volteando su fusil por encima de la cabeza. Un débil grito llegó a oídos de Bensington, y entonces percibió a las dos ratas restantes saliendo a escape en direcciones divergentes, mientras Cossar les perseguía hacia las ratoneras.

Toda aquella escena se desarrolló en medio de sombras brumosas; los tres monstruos atacantes se veían exagerados e irreales debido a la claridad de la luz. En ciertos momentos Cossar parecía un coloso y en otros momentos se hacía invisible. Las ratas pasaron por el campo visual dando súbitos e inesperados saltos o corriendo con un movimiento rápido de las patas que más parecían ir sobre ruedas. Todo sucedió en menos de medio minuto. Nadie lo vio, excepto Bensington, que podía oír a los demás retrocediendo aún hacia la casa. Gritó algo inarticulado y echó a correr hacia Cossar, mientras las ratas desaparecían.

Lo alcanzó en la entrada de las ratoneras. Bajo la luz de la luna las sombras que constituían el semblante de Cossar demostraba una calma absoluta.

—¡Hola! —le dijo—. ¿Ya de vuelta? ¿Dónde están los faroles? Todas han vuelto a sus madrigueras. Le rompí el cuello a una que me pasó por delante… ¿Ve usted? ¡Allí! —Y señaló con su dedo descarnado.

Bensington se hallaba demasiado estupefacto para poder seguir la conversación…

Pareció interminable el tiempo que tardaron en llegar los faroles. Por fin aparecieron, primero un ojo de firme luminosidad, y precedido de un oscilante resplandor amarillento, y luego, centelleando y brillando irregularmente, otros dos. A su alrededor venían unas pequeñas figuras con sus correspondientes vocecillas, y luego unas sombras enormes. Este grupo proyectó una especie de foco de luz sobre el gigantesco paisaje onírico bañado por los rayos de la luna.

—¡Flack! —iban diciendo las voces—. ¡Flack!

Una frase luminosa salió a flote.

—Se habrá encerrado en el desván.

Cossar iba siendo cada vez más excepcional. Sacó de alguna parte unos grandes puñados de algodón en rama y se tapó con ellos los oídos… Bensington se preguntó por qué. Luego cargó su fusil con una cuarta parte de una carga de pólvora. ¿Quién otro habría podido pensar en ello? El país de maravilla culminó con la desaparición de las suelas de las botas de Cossar por la madriguera central.

Cossar iba a cuatro patas con dos fusiles, que arrastraba a ambos lados, sujetos por un cordel que le pasaba por debajo del mentón, y su ayudante de confianza, un hombrecillo moreno de facciones graves, tenía que ir detrás de él doblado por la cintura y sosteniéndole un farol por encima de la cabeza. Todo se había proyectado de un modo tan cuerdo y apropiado como el sueño de un loco. El algodón en rama, según parece, tenía por objeto evitar la conmoción del rifle. El hombre que seguía a Cossar también se había puesto algodón en los oídos. ¡Evidentemente! Mientras las ratas huyeran de Cossar no podría acaecerle daño alguno, y si daban media vuelta y se dirigían directamente a él, vería sus ojos y dispararía apuntando entre medio de ellos. Como que tendrían que pasar por el cilindro de la madriguera, Cossar no podía fallar el tiro. Insistió en que éste era el método evidente, quizás algo fastidioso, pero absolutamente seguro. Al inclinarse el ayudante para entrar, Bensington vio que un ovillo de bramante estaba sujeto a los faldones de su chaqueta. Por este ovillo tenía que tirar del bramante, si se hiciera necesario arrastrar hacia fuera los cadáveres de las ratas.

Bensington se dio cuenta de que el objeto que sostenía en la mano era el sombrero de Cossar.

¿Cómo había llegado allí…?

Sería recuerdo suyo, al menos.

En cada una de las salidas adyacentes había un pequeño grupo con un farol iluminando la madriguera correspondiente, y uno de los hombres se hallaba arrodillado, apuntando al redondo vacío que se abría ante él, como si esperara que de allí surgiera algo.

Se hizo un silencio interminable.

Luego oyeron el primer disparo de Cossar, como una explosión en una mina…

Los nervios y los músculos de todos se pusieron tensos al oírlo, y ¡bang!, ¡bang!, ¡bang! Las ratas habían intentado escapar y dos más habían muerto. Después, el hombre que sostenía el ovillo indicó una sacudida.

—Ha matado a una y quiere el bramante —dijo Bensington.

Se quedó observado cómo el bramante penetraba en la ratonera, y le pareció como si se hubiese animado de repente con una inteligencia oscura porque la oscuridad lo hacía invisible. Por fin dejó de arrastrarse y se hizo una larga pausa. Luego, lo que a Bensington le pareció ser un monstruo rarísimo salió arrastrándose lentamente del agujero y se revolvió en el pequeño espacio saliendo de espaldas. Después de él, y haciendo profundos surcos en el suelo, aparecieron las botas de Cossar, y a continuación su espalda iluminada por el farol…

Sólo quedaba una rata viva, y la infeliz, sentenciada a muerte, se ocultaba en los rincones más apartados de la ratonera, hasta que Cossar entró de nuevo y la mató. Por último, Cossar, el hurón humano, volvió a hacer una inspección general para asegurarse.

—Ya las tenemos —dijo a sus asombrados compañeros—. Y si yo no hubiese sido un tonto de capirote me habría desnudado hasta la cintura. Evidentemente. ¡Tóqueme las mangas, Bensington! Estoy empapado de sudor. No se puede pensar en todo. Únicamente una media borrachera de whisky me salvará de un resfriado.

VII

Hubo momentos durante aquella noche maravillosa en que a Bensington le pareció que la naturaleza había organizado para él una vida de fantásticas aventuras. Esto se hizo patente durante la hora siguiente a su ingestión de un whisky muy fuerte.

—Ya no volveré a Sloane Street —confió al mecánico alto, rubio y sucio.

—No, ¿eh?

—Por nada del mundo —afirmó Bensington.

El esfuerzo de haber arrastrado las siete ratas muertas hasta la pira a través del ortigal lo había bañado en sudor y Cossar le indicó la evidente reacción física que le produciría el whisky si quería salvarse del resfriado, de otro modo inevitable. Hubo una especie de cena de bandoleros en la vetusta cocina embaldosada, con la hilera de ratas muertas que yacían bajo la luz de la luna contra el gallinero. Después de una media hora de descanso, Cossar los incitó a emprender de nuevo el trabajo para terminar lo que aún restaba por hacer.

—Evidentemente —dijo—, habrá que limpiar el lugar... Nada de desperdicios... nada de escándalo, ¿eh?

Les animó con la idea de hacer la destrucción completa. Rompieron y astillaron todos los fragmentos de madera que pudieron encontrar en la casa; talaron senderos allí donde brotaba la vegetación gigante; hicieron una pira para las ratas muertas y las empaparon en parafina.

Bensington trabajó como el más activo de los peones. Alcanzó un clímax de alborozo y de energía hacia las dos. Cuando, en plena destrucción, blandía el hacha, el más valeroso huía de su proximidad. Un rato después se apaciguó algo, debido a la transitoria pérdida de sus lentes, que fueron hallados al fin por otra persona en el bolsillo de la chaqueta del propio Bensington.

Los hombres iban de un lado para otro a su alrededor... decididos y enérgicos. Cossar se movía entre ellos como un dios.

Bensington apuró esa deliciosa camaradería que es privativa de un ejército feliz o de una recia expedición, pero nunca de aquellos que viven la sobria vida de las ciudades. Después que Cossar le quitó el hacha y le encargó que acarreara madera, estuvo andando de un lado para otro diciendo que todos eran unos buenos chicos. Siguió por este estilo aún mucho tiempo después de notar las primeras señales de fatiga.

Por fin estuvo a punto y comenzaron a regar todo con la parafina. La luna, desprovista ya de su magro cortejo nocturno de estrellas, brillaba en lo alto, por encima de la aurora naciente.

—Quemémoslo todo —dispuso Cossar yendo de una parte a otra—. Quemémoslo todo... Déjenlo arrasado, ¿entienden?

Bensington se fijó en él, tétrico y horrible bajo el pálido alborear del día, precipitándose con la mandíbula saliente y una antorcha encendida en la mano.

—¡Lárguese de ahí! —exclamó alguien, tirando del brazo de Bensington.

La quietud de la aurora, pues allí no había pájaros que cantaran, se llenó de pronto de una tumultuosa crepitación; una pequeña llama rojiza recorrió la base de la pira, se transformó en azul al entrar en contacto con el suelo, y se puso a trepar, hoja por hoja, tallo arriba de una ortiga gigante. Un ruido cantarino se mezcló con la crepitación...

Los hombres cogieron sus fusiles de uno de los rincones de la sala de estar de los Skinner y todo el mundo echó a correr. Cossar se fue tras ellos dando grandes zancadas...

Luego se encontraron todos de pie, contemplando desde lejos la Granja Experimental, que estaba ardiendo. El humo y las llamas se desbordaban por las puertas y las ventanas y por centenares de rendijas y grietas en el techo, igual que una muchedumbre presa de pánico. ¡Qué bien sabía Cossar encender una fogata! Una gran columna de humo salió disparada hacia el firmamento, acompañada de rojas lenguas sangrientas y de raudos fogonazos. Era como si un enorme gigante se hubiese puesto de pie, alargándose hacia arriba y estirando bruscamente los brazos hacia el cielo. Volvió a caer la noche sobre ellos, ocultando por completo la incandescencia del sol que salía tras ella. Los habitantes de Hickleybrow se dieron cuenta muy pronto de aquel estupendo pilar de humo, y salieron hasta la cresta de la colina, con gran variedad de batas, para contemplar el regreso de la expedición.

Detrás de ellos, igual que un hongo fantástico, aquel pilar de humo oscilaba y fluctuaba, cada vez más alto, cada vez más arriba, hasta el cielo... dando la impresión de que la llanura era bajísima y todos los demás objetos eran nimiedades; y en primer término, conducidos por Cossar, los autores del asunto seguían el sendero, ocho pequeñas siluetas negras, marchando con fatiga, las armas al hombro, a través del prado.

Al volver la mirada hacia atrás, en el cerebro de Bensington resonó como un eco cierta frase conocida. ¿Cómo era...? «Habéis encendido hoy...». «Habéis encendido hoy...».

Entonces recordó las palabras de Latimer: «Hemos encendido hoy una antorcha tan grande en Inglaterra, que ya nadie podrá apagarla jamás...»

¡Qué hombre era Cossar! Bensington se quedó mirando su espalda durante un rato y se sintió orgulloso de haber sostenido su sombrero. ¡Orgulloso, sí, a pesar de que él era un investigador eminente y Cossar se dedicaba sólo a la ciencia aplicada!

De repente, se puso a tiritar y a bostezar, y deseó estar acostado, muy calentito, en su cama de aquel pequeño piso que daba a Sloane Street. (Ni siquiera pensar en su prima Jane le prestó ayuda). Las piernas se le volvieron como algodón y los pies como plomo. Sintió la necesidad de tomar un café en Hicleybrow. En sus treinta y tres años no había pasado nunca en vela una noche entera.

VIII

Y mientras aquellos ocho aventureros luchaban contra las ratas en la Granja Experimental, a catorce kilómetros de distancia, en el pueblo de Cheasing Eyebright, una dama anciana provista de una nariz excesiva, luchaba con grandes dificultades a la luz vacilante de una vela. En una mano nudosa tenía un abrelatas y con la otra sostenía una lata de Heracleoforbia, decidida a abrir o a perecer en la empresa. Luchaba incansablemente, profiriendo un gruñido a cada nuevo esfuerzo, mientras, a través del delgado tabique, el niño de los Caddles no cesaba de gemir.

—¡Pobrecillo! —murmuró la señora Skinner; y luego, mordiéndose el labio con su diente solitario, en un arranque de determinación, añadió—: ¡Venga!

Y de inmediato, ¡clap!, una nueva provisión del Alimento de los Dioses quedó dispuesta y a punto de descargar sus poderes de agigantamiento sobre el mundo.

CAPÍTULO IV

LOS NIÑOS GIGANTES

I

Durante algún tiempo al menos, el círculo, cada vez más extendido, de las consecuencias de lo ocurrido en la Granja Experimental excederá del foco de nuestra narración, es decir, que no nos ocuparemos del enorme poder de crecimiento en hongos y setas, en hierbas y hierbajos que se irradiaba de aquel centro carbonizado pero no absolutamente consumido. Tampoco podemos detenernos a explicar cómo aquellas melancólicas solteronas, las dos gallinas sobrevivientes, pasmo y admiración de propios y extraños, pasaron los restantes años de sus vidas en acumular celebridad. El lector que desee obtener detalles más completos de estas cuestiones puede consultar los periódicos de aquella época, especialmente los voluminosos y polifacéticos archivos del Recording Ángel moderno. Nuestra misión está al lado del señor Bensington.

Bensington había regresado a Londres para encontrarse transformado en un hombre terriblemente famoso. En el transcurso de una noche el mundo entero había cambiado respecto a él. Todo el mundo lo comprendía. Al parecer, la prima Jane lo sabía todo, la gente que andaba por las calles lo sabía todo y los periódicos lo sabían todo y aún más. Su encuentro con la prima Jane fue terrible, como era de esperar, pero cuando todo hubo pasado, no resultó tan terrible, después de todo. El poder que tenía la buena mujer sobre los hechos era limitado. Era evidente que había discutido consigo misma para terminar aceptando el Alimento como algo propio del orden natural de las cosas.

Adoptó una actitud de malhumorada sumisión. Era evidente que desaprobaba en gran manera, pero que no prohibía. La escapada de Bensington, que así es como ella debió de considerarla, la dejaría, seguramente, muy agitada, y su peor acción consistió en querer cuidarlo con acerba persistencia de un resfriado que Bensington no había cogido y por una fatiga que había olvidado hacía mucho tiempo, y en comprarle una nueva especie de ropa interior higiénica de lanas combinadas, que tenía la particularidad de volverse del revés, en parte, con mucha facilidad, y en parte no, y donde resultaba tan difícil meter a un hombre olvidadizo como en los salones de la alta sociedad. Y así, durante cierto tiempo, y en tanto que le dejó algún rato libre el manejo de esta nueva indumentaria, continuó participando en el desarrollo de este nuevo elemento en la historia de la humanidad, el Alimento de los Dioses.

La opinión pública, siguiendo sus misteriosas leyes de selección, lo había escogido como solo y único responsable Inventor y Promotor de esta nueva maravilla. La opinión pública no quería ni oír hablar de Redwood, y sin la menor protesta permitió que Cossar, siguiendo sus impulsos naturales, se desvaneciera en una oscuridad terriblemente prolífica. Antes de que se diera cuenta del derrotero que llevaban las cosas, Bensington se encontró, como si dijéramos, desnudo y disecado en los periódicos. Su calvicie, su particular coloración rosada y sus lentes con montura de oro se habían transformado en posesiones nacionales. Unos cuantos jóvenes resueltos, provistos de grandes y lujosas cámaras fotográficas y de un aire de completa autoridad, tomaron posesión del piso durante breves pero provechosos períodos, disparando sus luces de magnesio que por muchos días llenaron la atmósfera de densos e intolerables vapores, y luego se retiraron para llenar las páginas de las revistas sindicadas con admirables retratos de Bensington, en su casa, luciendo una de sus mejores chaquetas y las acuchilladas botas. Otras personas de ademanes decididos y de diversos sexos y edades se presentaron en su casa para explicarle cosas sobre el Alimento Estrella (fue el Punch el que lo denominó por primera vez de esa manera) y reproducir después lo que ellos habían dicho como si fuera la contribución original dada por Bensington a la entrevista. Aquello llegó a ser una verdadera obsesión para Broadbeam, el Humorista Popular. Olió en aquello otra de esas malditas cosas que no podía comprender y se esforzó empeñosamente por hacer caer todo el asunto en el ridículo. Se lo podía ver en los clubs, como una voluminosa y torpe presencia, con las marcas de sus desvelos puestas de manifiesto en su ancha cara innoble, explicando a todo aquel a quien podía importunar:

—Esos hombres de ciencia, ¿sabe usted?, carecen del sentido del humor, ¿sabe usted? Eso es. La ciencia… les mata el sentido del humor.

Sus bromas contra Bensington llegaron a ser malévolos libelos…

Una agencia de selección de recortes periodísticos, muy emprendedora, envió a Bensington un largo artículo que trataba de él, sacado de un semanario de seis peniques titulado «Un nuevo terror», ofreciendo proporcionarle un centenar de aquellas impertinencias por el precio de una guinea; y dos señoras jóvenes, encantadoras y muy guapas, totalmente desconocidas, fueron a visitarle, y ante la muda indignación de la prima Jane se quedaron a tomar el té con él y después le mandaron sus libros de autógrafos para su firma. Muy pronto dejó de irritarlo ver su nombre asociado a las más incongruentes ideas en la Prensa, y descubrir en las revistas artículos tratando del Alimento Estrella y de él mismo en tonos de la mayor intimidad, y por personas de las que nunca había oído hablar. Y cualesquiera que hubieran sido las ilusiones que abrigara en sus días de oscuridad sobre los placeres de la fama, quedaron disipadas del todo y para siempre.

Al principio —exceptuando a Broadbeam— el tono de la opinión pública estuvo completamente desprovisto del menor asomo de hostilidad. Al público no se le ocurrió la posibilidad de que cierta cantidad de Heracleoforbia pudiese escaparse de nuevo, excepto en el plano de las suposiciones jocosas. Y, asimismo, el público pareció no tener idea de que la pandilla de niños que estaban siendo alimentados con el alimento crecería mucho más de lo que la inmensa mayoría de nosotros podemos llegar a crecer. Lo que más le complacía al público eran las caricaturas de los políticos eminentes tal como serían después de alimentarse con el Alimento Estrella, sobre todo cuando quedaban expuestas en los tableros de anuncios de los periódicos, y las edificantes exhibiciones proporcionadas por las avispas muertas que habían escapado del fuego y las gallinas sobrevivientes.

La gente no se preocupó de ver más allá de todo esto, y hasta se tuvieron que hacer grandes esfuerzos para que volviera sus miradas a más remotas consecuencias; y hasta entonces incluso, su entusiasmo para llevar a cabo una acción fue sólo parcial. «Siempre hay algo nuevo», decía el público, un público tan saciado de novedades, que se enteraría de que la tierra se había partido en dos, como se parte una manzana, sin demostrar sorpresa alguna, y añadía: «A ver qué es lo que van a hacer después de esto».

Pero hubo dos o tres personas, fuera del público en general que ya habían mirado más allá, y, según parece, se asustaron de lo que vieron. Entre ellos estaba, por ejemplo, el joven Caterham, primo del conde de Pewterstone, y uno de los políticos ingleses que más prometían, quien, arrostrando el riesgo de que le tomaran por un tendero, escribió un largo artículo en el Nineteenth Century and After, abogando por su total supresión. Y, en ciertos momentos, también Bensington estaba de acuerdo.

—Parece como si no se dieran cuenta —le dijo a Cossar.

—No, no se dan cuenta.

—¡Y nosotros! A veces, cuando pienso en lo que significa… Este pobre niño de Redwood… Y, naturalmente, los tres de ustedes… ¡A doce metros de altura, tal vez…! Después de todo, ¿debemos proseguir adelante?

—¡Proseguir adelante! —exclamó Cossar, convulso con una estupefacción muy poco elegante, y elevando el tono de su voz mucho más alto que de costumbre—. ¡Claro que tiene usted que seguir adelante! ¿Para qué está usted en este mundo, pues? ¿Para holgazanear entre comida y comida…?

«¡Graves consecuencias…! Pues, ¡naturalmente! ¡Enormes! Evidentemente. Eviden-te-men-te. ¡Pero, hombre, si es la única ocasión que tiene usted en la vida de conseguir algo verdaderamente grave! ¿Y quiere usted evitarla? —Durante un momento quedó mudo de indignación».

—¡Sería inicuo! —dijo por fin—. Y repitió explosivamente: —¡Inicuo!

Pero Bensington ya trabajaba en su laboratorio con más emoción que gusto. No habría podido decir si deseaba que en su vida hubiese consecuencias graves o no. Era un hombre de gustos tranquilos. Aquello constituía un descubrimiento maravilloso, claro, absolutamente maravilloso, pero… Ya se había visto propietario de varios acres en una finca desacreditada y quemada cerca de Hickleybrow, al precio de cerca de noventa libras esterlinas el acre, y a veces se hallaba dispuesto a creer que ésta era una consecuencia muy grave de la química especulativa, tan grave como pudiera considerarla el menos ambicioso de los hombres. Claro que era Famoso, muy Famoso. Más que satisfactoria, mucho más que satisfactoria, era la Fama que habla alcanzado.

Pero el hábito de la Investigación estaba arraigado en él… Y en ciertos momentos, momentos raros, en el laboratorio principalmente, había algo más que el simple hábito y los argumentos de Cossar que lo impulsaban a su trabajo. Este hombrecillo con gafas, sentado acaso en equilibrio sobre su alto taburete, con las acuchilladas botas enroscadas alrededor de sus patas, y en la mano las pinzas de las pesas, tendría de nuevo un destello de aquella visión de adolescencia, tendría una percepción momentánea del eterno desdoblamiento de la semilla sembrada en su cerebro, viendo, como si dijéramos, diseñado en el cielo, detrás de los accidentes y formas grotescas del presente, el mundo futuro de gigantes y de todas las potentísimas cosas que el porvenir nos reserva... vagas y espléndidas, como la visión de un relumbrante palacio descubierto súbitamente al proyectarse un rayo de sol en la lejanía... Y en seguida se encontraría como si aquel distante esplendor no hubiese brillado nunca en su cerebro, y no podría percibir nada en su perspectiva sino sombras siniestras, vastos declives y negruras, inmensidades inhóspitas, entes fríos, feroces y terribles.

II

Entre los complejos y confusos sucesos, impactos del gran mundo externo que constituían la fama de Bensington, una brillante y activa figura se hizo en seguida conspicua y se transformó, en opinión de éste, en algo así como jefe y maestro de ceremonias de estas exterioridades. Esta figura fue la del doctor Winkles, aquel joven médico tan convincente, que ya ha hecho su aparición en este relato como el médico por el cual Redwood pudo hacer llegar el Alimento hasta su hijo. Incluso antes de la gran irrupción se hizo evidente que los polvos misteriosos que Redwood le había dado habían despertado inmensamente el interés de aquel caballero, y tan pronto como aparecieron las primeras avispas ya se había hecho una composición de lugar.

Era el tipo de médico que tanto en sus modales, como en moralidad, métodos y aspecto podía ser clasificado, de un modo muy sucinto y terminante, como «trepador». Era alto y rubio, con unos ojos de color de aluminio, de mirada superficial, inquisitiva y dura, y cabello gredoso, de facciones regulares, musculoso en torno a la boca, bien afeitado, de torso erguido y de movimientos enérgicos, rápido y pronto a girar sobre sus talones; llevaba levitas largas, corbatas de seda negra y gemelos y cadenas de oro sin adornos, y sus sombreros de copa tenían unas alas y una forma especial que le daban un aspecto más formal, serio y mejor, en conjunto, que quienquiera que fuese. Parecía tan joven o tan viejo como cualquier adulto. Y después de aquella primera y maravillosa irrupción, se refirió a Bensington, a Redwood y al Alimento de los Dioses con un aire de propietario tan convincente, que a veces, a pesar del testimonio en contra de la Prensa, Bensington estaba a punto de considerarlo a él como al inventor original de todo el asunto.

—Esos accidentes —decía Winkles al insinuarle Bensington los peligros de ulteriores filtraciones del alimento— no son nada. ¡Nada...! El descubrimiento lo es todo. Adecuadamente desarrollado, convenientemente manejado, cuerdamente controlado, tendremos... tendremos algo muy portentoso en este alimento nuestro... Tenemos que seguir vigilando lo... No debemos permitir que vuelva a escapar a nuestro control, y... no debemos dejarlo dormir.

Realmente no tenía la menor intención de dejarlo dormir. Iba a casa de Bensington casi a diario. Bensington, asomándose a la ventana, podía ver el impecable carruaje trotando por Sloane Street, y después de un intervalo increíblemente breve, Winkles entraba en la estancia con movimientos ágiles y enérgicos, y llenándolo todo con su presencia, sacaba del bolsillo unos periódicos, proporcionaba la información correspondiente y hacía observaciones.

—Bueno —decía frotándose las manos—. ¿Cómo sigue esto?

Y así entraba de lleno en la discusión del orden del día sobre el tema.

—¿Sabe usted —decía, por ejemplo— que Caterham ha estado hablando de nuestro producto en la Asociación Eclesiástica?

—¡Válgame Dios! —exclamaba Bensington—. Ese Caterham es primo del Primer Ministro, ¿no?

—Sí —contestaba Winkles—. Es un joven muy capaz... muy capaz. Completamente desatinado, ¿sabe usted? Violentamente reaccionario... pero enteramente capaz. Y es evidente que está dispuesto a ganar dinero con este producto nuestro. Ha adoptado una actitud muy decidida. Habla de nuestra proposición de utilizarlo en las escuelas elementales...

—¿De nuestra proposición de utilizarlo en las escuelas elementales?

—Yo dije algo de eso el otro día —muy de paso—, cosa de poca monta, en un Politécnico. Para aclarar el concepto de que el producto es, en realidad, altamente beneficioso. Y que no entrañaba el menor peligro, a pesar de esos pequeños accidentes iniciales, que no pueden volver a suceder... Ya sabe usted que el producto sería muy bueno... Pero él se ha puesto en contra.

—¿Y qué dijo usted?

—Meras naderías, claro. Pero como usted ve... Caterham lo trata con una gravedad perfecta. Trata este asunto como si fuera un ataque. Dice que ya se malgasta bastante dinero público en las escuelas elementales, sin el alimento ése. Repite de nuevo los viejos chistes sobre las lecciones de piano, ¿sabe usted? Dice que nadie desea impedir que los niños de las clases humildes tengan la educación apropiada a su condición, pero que darles un alimento de esta suerte sería destruir completamente su sentido de la proporción. Y amplia el tópico. ¿Qué beneficio se sacaría, pregunta, con dar a las gentes humildes una altura de once metros? Porque él cree, realmente, que tendrían once metros de altura.

—Así sería —repuso Bensington— si se les diera nuestro alimento regularmente. Pero nadie dijo nada…

—Yo dije algo…

—¡Pero, querido Winkles…!

—Serán mucho más altos, claro está —interrumpió Winkles con el aire de saberlo todo, intentando disuadir a Bensington de sus simples ideas—. Serán indiscutiblemente mayores. Pero ¡oiga usted lo que me dijo! ¡¿Serán así más dichosos?! Este es su argumento. Curioso, ¿verdad? ¿Serán así mejores? ¿Serán más respetuosos ante la autoridad legalmente constituida? ¿Será justo, aun para los mismos niños? Es curioso lo preocupados que están esos tipos por la justicia… en cuanto se refiera a las disposiciones para el porvenir. Incluso hoy en día —prosiguió diciendo— el coste de la alimentación y el vestido de los niños es superior a lo que muchos de sus padres pueden permitirse, ¡y si esta clase de alimento llega a autorizarse…! ¿Eh, qué tal…?

«Y, vea usted, resulta luego que él transforma mi insinuación incidental en una propuesta positiva. Y luego se pone a calcular lo que costarán unos pantalones para un chico que crezca hasta alcanzar la talla de seis metros o más. Como si realmente creyera… Diez libras esterlinas, calcula, por unos pantalones con un mínimo de decencia. ¡Qué hombre tan curioso ese Caterham! ¡Tan concreto! El honrado y trabajador contribuyente deberá pagar por esto, según él. También dice que tenemos que tomar en consideración los Derechos de los Padres. Todo está aquí. En dos columnas. El padre tiene el derecho de criar a sus hijos según su propio tamaño…

«Luego viene la cuestión de la escuela y la colocación de los niños en ella, el coste de los pupitres y de los bancos para nuestras ya demasiado sobrecargadas escuelas nacionales. ¿Y para conseguir qué…? Un proletariado de gigantes famélicos. Y termina con un párrafo muy serio, diciendo que aunque esta descabellada insinuación —mera fantasía de mi parte ¿sabe usted? Y además mal interpretada—, esta descabellada insinuación sobre las escuelas no llegue a materializarse, no se dará fin, por ello, a la cuestión. Es éste un alimento muy extraño, tan extraño que a él le parece casi perverso. Ha sido esparcido temerariamente, según él, y puede volver a esparcirse de nuevo. Una vez se ha tomado se transforma en ponzoña a menos que se siga con él. (–Así es —repuso Bensington). Y, en resumidas cuentas, propone la fundación de una sociedad nacional para la conservación de las proporciones adecuadas de las cosas. Extravagante, ¿eh? La gente está la mar de entusiasmada con la idea.

—Pero ¿qué se proponen hacer?

Winkles se encogió de hombros y extendió las manos.

—Fundar una sociedad —dijo— y armar jaleo. Quieren que se declare ilegal la fabricación de la Heracleoforbia… o al menos que se declare ilegal la divulgación de su existencia. Yo mismo he escrito algo para demostrar que la idea que tiene Caterham del producto es exagerada, exageradísima, pero no parece haberle hecho mella. Es curioso del modo que la gente se está revolviendo en contra. Y, a propósito, la Asociación Nacional de Templanza ha fundado una filial para la templanza en el crecimiento.

—¡Bah! —murmuró Bensington tocándose la nariz.

—Después de todo cuanto ha sucedido, a la fuerza tiene que haber este alboroto. En realidad, la cosa es… sobrecogedora.

Wilkles anduvo de un lado para otro de la habitación durante cierto tiempo, pareció vacilar y se fue.

Se hizo evidente que algo le preocupaba, algún aspecto de importancia crucial para él, que no quería aún hacer público. Un día, en que Redwood y Bensington se hallaban juntos en el piso de éste, Winkles les dejó vislumbrar lo que era este algo que tenía en reserva.

—¿Cómo va todo eso? —preguntó frotándose las manos.

—Estamos redactando una especie de informe conjuntamente.

—¿Para la Royal Society?

—Sí.

—¡Vaya! —exclamó Winkles con acento profundo dirigiéndose hacia la alfombra de la chimenea—. Pero ¿acaso deben ustedes…?

—Debemos ¿qué?

—¿Deben ustedes publicarlo?

—No estamos en la Edad Media —dijo Redwood.

—Lo sé.

—Como dice Cossar, de sabios es mudar de opinión… Este es el verdadero método científico.

—En la mayoría de los casos, así es… Pero éste es un caso excepcional.

—Vamos a exponerlo todo ante la Royal Society en su debida forma —propuso Redwood.

Winkles volvió a hablar de lo mismo en otra ocasión.

—Desde muchos aspectos es un descubrimiento excepcional.

—Eso no importa —dijo Redwood.

—Es que esta clase de conocimientos podrían ser fácilmente objeto de abusos, de graves peligros, como dice Caterham.

Redwood no dijo nada.

—Hasta por descuido, ¿sabe usted…? Y si formáramos un comité de personas de toda confianza para controlar la fabricación del Alimento Estrella —de la Heracleoforbia, quiero decir— tal vez podríamos…

Se interrumpió, y Redwood, con cierta sensación de molestia que no exteriorizó, hizo como si no se hubiera dado cuenta de la tácita interrogación…

Fuera de la presencia de Redwood y de Bensington, Winkles, a pesar de la imperfección de sus conocimientos, se transformó en la máxima autoridad respecto al Alimento Estrella; escribió cartas a los periódicos defendiendo su empleo; redactó notas y artículos explicando sus posibilidades; se coló en las reuniones de las asociaciones médicas y científicas para hablar sobre ello, aprovechando la menor ocasión, aunque no viniera a propósito, y llegó a identificarse completamente con el Alimento. Publicó un opúsculo titulado «La verdad sobre el Alimento Estrella», en el que minimizaba los sucesos de Hickleybrow hasta dejarlos reducidos a poco menos de nada. Dijo que era absurdo decir que el Alimento Estrella daría a las personas una talla de once metros. Aquello era «evidentemente exagerado». Haría a las personas mayores de lo que eran en la actualidad, eso sí, pero eso era todo…

Dentro de aquel círculo íntimo de dos personas estaba claro que Winkles se derretía para poder ayudar en la fabricación de la Heracleoforbia, para ayudar en la corrección de las pruebas que pudiera haber de cualquier artículo en preparación sobre el susodicho tema, para hacer algo, en fin, que pudiera conducirle a participar en los detalles de la fabricación de la Heracleoforbia. Estaba diciendo continuamente a los otros dos que él tenía la sensación de que aquello era algo Grande, y de que encerraba enormes posibilidades. Si pudiesen sólo quedar… «salvaguardado, de algún modo». Y por fin, un día, preguntó sin ambages por qué no le explicaban cómo se fabricaba.

—He reflexionado mucho sobre lo que usted me dijo —empezó a decir Redwood.

—Y bien —preguntó Winkles muy animado.

—Que es esta clase de conocimientos la que podría ser muy fácilmente objeto de graves abusos —explicó Redwood.

—Pero no veo qué tiene eso que ver —replicó Winkles.

—Desde luego, tiene —dijo Redwood. Winkles estuvo meditándolo uno o dos días. Después vio otra vez a Redwood y le dijo que tenía sus dudas sobre si era lícito administrar unos polvos, de los que nada conocía, al pequeño de Redwood. Le parecía que era algo así como encargarse de una responsabilidad sin conocimiento de causa. Esto último dejó pensativo a Redwood.

—Ya ha visto usted que la Sociedad para la Supresión Total del Alimento Estrella parece contar ya con varios millares de asociados —dijo Winkles cambiando de tema—. Han redactado un proyecto de ley y han encargado a Caterham que lo defendiera… Y Caterham ha aceptado, encantado. Están dispuestos a todo. Ahora están empeñados en la formación de comités locales para influenciar a los candidatos. Quieren que se considere un delito la preparación y el almacenamiento de la Heracleoforbia sin una licencia especial, y que se tenga por un crimen, con prisión sin fianza, la administración del Alimento Estrella —así es como le llaman, ¿sabe usted?— a toda persona de menos de veintiún años de edad. Pero también hay sociedades colaterales, ¿sabe usted? Toda clase de gentes. La Sociedad para la Conservación de Antiguas Estaturas va a conseguir que elijan a Frederick Harrison para el Municipio, según dicen. Ya sabe usted que Harrison ha escrito un ensayo sobre esta cuestión y dice que es un asunto muy vulgar y que se halla en completo desacuerdo con aquella Revelación de la Humanidad que se encuentra en las enseñanzas de Comte, y que semejante cosa no habría podido producirse ni aun en los peores momentos del siglo XVIII, y que la idea del Alimento jamás entró en la mente de Comte, lo cual demuestra lo perversa que es. Harrison dice que nadie que comprenda de veras a Comte…

—Pero no querrá usted decir… —empezó a decir Redwood, tan alarmado que abandonó su actitud de desdén hacia Winkles.

—No harán nada de todo eso —afirmó Winkles—, pero la opinión pública es la opinión pública y votos son votos. Todo el mundo puede ver que se hallan ustedes enfrascados resolviendo algo muy inquietante. Y el instinto humano está en contra de las cosas inquietantes, ¿sabe usted? Nadie parece abundar en la idea que se ha formado Caterham de la posibilidad de personas de once metros de altura, que no podrían entrar en ninguna iglesia, ni en ningún salón de actos, ni en ninguna institución humana o social. Pero, a pesar de todo, en el fondo no se sienten muy tranquilos. Ven que hay algo, algo más que un descubrimiento corriente…

—Siempre hay algo más —dijo Redwood— en todo descubrimiento.

—Sea como sea, lo cierto es que se están poniendo impacientes. Caterham sigue machacando sobre lo que puede ocurrir si el Alimento se suelta otra vez. Yo les digo una y otra vez que no volverá a suceder, y que no puede suceder. Pero… ¡así es como están las cosas!

Y se quedó dando respingos por la estancia durante un rato, como si intentara volver a iniciar la cuestión del secreto, y luego, pensándolo mejor, se fue.

Los dos hombres de ciencia se miraron. Durante un buen rato sólo hablaron con los ojos.

—Si llegara lo peor —dijo Redwood, por fin, con una voz que se esforzaba en aparecer tranquila—, daría el Alimento a mi pequeño Teddy con mis propias manos.

III

Fue a los pocos días de esto, cuando Redwood, al abrir el periódico, se encontró con que el Primer Ministro había prometido nombrar una Comisión Real para que estudiara la cuestión del Alimento Estrella. Esto hizo que se dirigiera, con el periódico en la mano, hacia el domicilio de Bensington.

—Winkles, presumo, está perjudicando nuestro producto. Le está haciendo el juego a Caterham. Se pasa el día hablando de esta cuestión y de lo que se propone hacer, y en resumidas cuentas lo que hace es alarmar a la gente. Si sigue así, creo que realmente va a dificultar nuestras investigaciones. Incluso ahora… con el problema de mi hijo menor…

Bensington dijo que desearía que Winkles no continuara hablando.

—¿Ha notado usted cómo ha caído en el hábito de llamarlo Alimento Estrella?

—No me gusta ese nombre —dijo Bensington mirando por encima de las gafas.

—Es exactamente lo que eso significa… para Winkles.

—¿Por qué seguirá machacando? ¡Si no es cosa suya!

—Es algo que significa fama —dijo Redwood—. Yo no lo comprendo. Pero todo el mundo va a creer que lo es. Pero eso no es lo que importa.

—En la eventualidad de que esta agitación ignorante y ridícula empiece a manifestarse de un modo más serio… —empezó a decir Bensington.

—Mi hijo menor no puede prescindir ya de este producto —afirmó Redwood—, y no sé lo que yo podría hacer ahora. Si llegase lo peor…

Un leve ruido, como de rebote de algo proclamó la presencia de Winkles. E inmediatamente se hizo visible en el centro de la habitación frotándose las manos.

—Preferiría que llamara antes de entrar —dijo Bensington, mirando, de muy mal talante, por encima de la montura de oro de sus gafas.

Winkles se deshizo en excusas. Luego, volviéndose hacia Redwood, empezó a decir:

—Celebro muchísimo hallarle aquí. Lo cierto es que…

—¿Ha visto usted eso de la Comisión Real? —lo interrumpió Redwood.

—Sí —contestó Winkles, distraído de lo que iba a decir.

—¿Y qué le parece?

—Me parece algo excelente —dijo Winkles— que acallará gran parte de este clamor, ventilando el asunto por completo. Silenciará a Caterham. Pero no he venido por eso, Redwood. Lo cierto es que…

—No me gusta esa Comisión Real —murmuró Bensington.

—Le aseguro a usted que nos irá muy bien. Y hasta puedo decir… y no creo que sea un abuso de confianza… que es muy posible que yo sea nombrado miembro de esta comisión…

—¡Bah! —exclamó Redwood mirando la lumbre.

—Yo puedo arreglar las cosas. Puedo dejar perfectamente aclarado, en primer lugar, que el producto es controlable, y en segundo lugar, que sólo por milagro podría repetirse otra catástrofe como la de Hickleybrow. Y esto es precisamente lo que se quiere, una completa seguridad dada por persona autorizada. Claro que yo podría hablar con mucha más confianza si supiera… Pero precisamente ahora se presenta otro pequeño problema sobre el que deseo consultarlos a ustedes. ¡Ejem! Lo cierto es que… Bueno… Me encuentro con ciertas dificultades, y ustedes pueden ayudarme a resolverlas.

Redwood enarcó las cejas y se sintió muy contento.

—El asunto es… estrictamente confidencial.

—Prosiga —dijo Redwood—. No se preocupe por esto.

—Recientemente ha sido confiada a mis cuidados una niña, hija de… de un personaje muy elevado.

Winkles tosió.

—Adelante —dijo Redwood.

—Debo confesar que es en gran parte debido a esos polvos de ustedes, y la fama que me ha acarreado el éxito que he tenido con el hijo menor de usted… Existe, no hay qué disimularlo, un fuerte sentimiento contra su empleo. Y, no obstante, veo que entre las personas más inteligentes… Hay que ir despacio y sin ruido en estas cosas… poco a poco. Así y todo, en el caso de Su Alte… quiero decir, en el caso de esta nueva enfermita que tengo… En realidad… la idea fue de su madre. Yo no habría jamás…

Dio una palmada en el hombro a Redwood, como si se sintiera embarazado.

—Creí que usted tenía sus dudas sobre la oportunidad de recomendar el uso de esos polvos —dijo Redwood.

—Fue una duda meramente pasajera.

—¿Y no proponía usted discontinuar…?

—¿En el caso de su hijo? ¡Por cierto que no!

—Por lo que puedo entender, sería un asesinato.

—No lo haría por nada del mundo.

—Tendrá usted los polvos —dijo Redwood.

—Supongo que usted no podría…

—No hay cuidado. No existe ninguna fórmula. No interesa, Winkles, y dispense mi franqueza. Yo mismo hago los polvos.

—Es igual —dijo Winkles después de quedarse mirando fijamente a Redwood un instante— Es igual… —Y luego añadió—: Le aseguro que no me importa lo más mínimo.

IV

Cuando se hubo marchado Winkles, Bensington se acercó a la alfombrilla de la chimenea y allí se quedó de pie, mirando a Redwood, que estaba sentado.

—¡Su Alteza Serenísima! —exclamó.

—¡Su Alteza Serenísima! —exclamó Redwood.

—¡Es la princesa de Weser Dreiburg!

—No es más que una prima de tercer grado.

—Redwood —dijo Bensington—, ya sé que le parecerá curioso lo que voy a decirle, pero… ¿cree usted que Winkles comprende?

—¿Qué?

—Qué es lo que hemos hecho… ¿Comprenderá realmente que en la Familia… la Familia de su nuevo paciente…?

—Siga —dijo Redwood.

—Que siempre han estado, más bien, algo debajo… debajo…

—Del promedio.

—Sí. ¿Y que siempre han procurado con gran tacto no distinguirse en nada, va a producirles un personaje real… un personaje real descomunal… de semejante tamaño? ¿Sabe usted, Redwood? No estoy seguro de que no haya aquí algo casi lindante con… alta traición…

Bensington clavó en Redwood la mirada que tenía fija en la puerta.

Redwood, con un gesto rápido de su dedo índice señalando el fuego, exclamó:

—¡Por Júpiter! ¡Winkles no lo sabe…!

«Ese hombre no sabe nada. Ésta fue su característica más exasperante cuando era estudiante. Nada. Aprobó todos sus exámenes sabiendo lo que tenía que saber, y ni una palabra más, como si fuera una estantería giratoria de la Thimes Encyclopaedia. Y ahora ya no sabe absolutamente nada. Es Winkles, y como tal, incapaz de asimilar de veras nada que no esté relacionado de un modo directo e inmediato con su yo superficial. Carece por completo de imaginación y, en consecuencia, es incapaz de todo conocimiento. Probablemente nadie podría haber aprobado tantos exámenes ni ir tan bien vestido, tan acicalado, y tener tanto éxito como médico, sin esa precisa incapacidad. Eso es. Y a despecho de todo lo que ha visto y oído y se le ha explicado, ahí lo tiene usted… sin la menor idea de lo que ha puesto en marcha. Tiene la idea de explotar la fama, y está trabajando en el Alimento Estrella muy bien, y como alguien le ha dejado meterse en lo de esta infanta recién nacida… pues se siente más famoso que nunca. La Weser Dreiburg tendrá que enfrentarse con el gigantesco problema que representa una princesa de nueve metros de estatura, y él ni siquiera lo ha pensado, ya que carece de cabeza. ¡Es que no puede!

—Habrá un lío mayúsculo repuso Bensington.

—Dentro de un año, poco más o menos.

—Tan pronto como adviertan que la niña crece sin parar.

—A menos que, siguiendo la costumbre… echen tierra al asunto.

—Habría que echar mucha tierra.

—Bastante.

—¿Y qué van a hacer?

—Nunca hacen nada… Tacto real.

—Pero se verán obligados a hacer algo.

—Acaso sea ella quien lo haga.

—¡Oh, Dios mío! ¡Vaya!

—Y la suprimirán. Cosas parecidas han sucedido.

Redwood se echó a reír con grandes carcajadas.

—¡La realeza redundante…! ¡El niño descomunal de la máscara de hierro! —dijo—. ¡Tendrán que ponerla en la torre más alta del viejo castillo de Weser Dreiburg, y abrir boquetes en el techo de los diferentes pisos, a medida que vaya creciendo…! Bien, yo también estoy metido en el lío. Y Cossar y sus tres chicos. Y… bueno, bueno…

—Habrá un lío mayúsculo —repitió Bensington sin contagiarse de la risa del otro—. ¡Un lío mayúsculo…!

«Supongo que usted ha pensado detenidamente en eso, Redwood. ¿Está usted seguro de que no sería más sensato advertir a Winkles, y usted, por su parte, destetar a su hijo menor gradualmente, y… confiar en el Triunfo Teórico?

—Quisiera que usted viniese a pasar media hora en mi casa, en el cuarto de los niños, cuando el Alimento llega con un poco de retraso —dijo Redwood con cierto tono de exasperación—, y no hablaría usted así. Además… advertírselo a Winkles. ¡No! La marea de este asunto nos ha cogido de sorpresa, y tanto si nos da miedo como si no… ¡tenemos que nadar!

—Así será, supongo —dijo Bensington mirándose las puntas de los pies—. Sí. Tenemos que nadar. Y su hijo tendrá que nadar, y los chicos de Cossar… ¡porque se lo ha dado a los tres! Cossar no está para medias tintas… ¡O todo o nada! Y su Alteza Serenísima. Y todo. Nosotros continuaremos fabricando el Alimento. Cossar también. Estamos sólo en los albores del comienzo, Redwood. Es evidente que van a ocurrir toda clase de cosas. Cosas grandiosas y monstruosas. Pero no puedo imaginármelas, Redwood. Excepto…

Se contempló las uñas. Levantó la vista hacia Redwood, y lo miró a través de las gafas, blandamente.

—Casi estoy por decir —aventuró— que Caterham tiene razón, a veces. Esto va a destruir la proporción de las cosas. Va a dislocar… ¿Qué es lo que no se va a dislocar?

—Sea lo que sea lo que se disloque —dijo Redwood—, mi hijo menor debe seguir tomando el Alimento.

Oyeron a alguien que subía rápidamente la escalera, y en seguida Cossar asomó la cabeza por la puerta.

—¡Hola! —exclamó entrando—. ¿Qué pasa?

Le notificaron el asunto de la princesa.

—¿Problemas difíciles? —dijo—. Ni por asomo. Claro que ella crecerá. Y su hijo también crecerá. Y todos los demás a quienes usted les dé el Alimento crecerán. Todos. Como cualquier otra cosa. ¿Qué dificultad ve en ello? ¡Si eso está muy bien! Un niño lo vería clarísimo. ¿Dónde está el problema?

Los otros dos intentaron aclarárselo.

—¿No continuar trabajando en esto? —chilló—. Pero ahora ya no es cosa de ustedes. Ustedes son los instrumentos. Como Winkles es también un instrumento. Todo está perfectamente. A veces me pregunté para qué serviría Winkles. Ahora es innecesario. ¿Cuál es el problema…?

«¿La confusión? Evidentemente. ¿El trastorno de las cosas? Va a trastornarlo todo. Finalmente va a trastornar todas las empresas humanas. Eso es claro como el agua. Intentarán detenerlo, pero tarde. Tienen la costumbre de llegar siempre tarde. Ustedes vayan y fabriquen cuanto puedan. ¡Gracias a Dios que sirven para algo!

—Pero ¿y el conflicto? —dijo Bensington—. ¡La tensión nerviosa…! Ignoro si usted habrá imaginado…

—Usted debió haber nacido hortaliza, Bensington —dijo Cossar—, eso es lo que usted debió ser al nacer. Algo que creciera en terreno abonado. Aquí está usted, construido de un modo temible y admirable al mismo tiempo, y creyendo que ha sido creado precisamente para no hacer nada y regalarse el cuerpo. ¿Cree usted que este mundo fue creado para que todo el trabajo lo hicieran las mujeres que van a fregar las casas? ¡Bueno, sea como sea, ya no pueden ustedes hacer nada ahora… No les queda otro remedio que continuar!

—Así tendrá que ser, supongo —dijo Redwood—. Lentamente…

—¡No! —exclamó Cossar dando un grito tremendo—. ¡No! Tienen ustedes que fabricar tanto como puedan y tan de prisa como puedan. ¡Hay que esparcirlo por todas partes!

Se sintió inspirado por un golpe de genio. Parodiando una de las curvas de Redwood, con un amplio gesto del brazo hacia arriba, ordenó para puntualizar la alusión:

—¡Redwood! ¡Hágalo así!

V

Hay, según parece, un límite al orgullo materno, y este límite, en el caso de la señora Redwood, fue alcanzado al cumplir su retoño los seis meses de existencia terrena, cuando rompió el cochecito de lujo en que salía a pasear y tuvieron que volverlo a casa, berreando, en el carrito de la leche. En este momento el joven Redwood pesaba treinta kilos, tenía una talla de un metro veinte, y podía levantar un peso de otros treinta kilos. Tuvo que ser llevado a su cuarto escaleras arriba por la cocinera y la camarera. Después de aquello, el descubrimiento fue sólo cuestión de días. Una tarde, Redwood, de vuelta a su casa, al venir del laboratorio, se encontró con su desdichada esposa profundamente abstraída leyendo las fascinantes páginas de El átomo potente. Al ver a su marido, dejó el libro a un lado y echando a correr a su encuentro, estalló en llanto sobre su hombro.

—Dime qué le has hecho —se lamentó—. Dime qué has hecho.

Redwood la cogió de la mano y la condujo al sofá mientras meditaba sobre la adopción de una satisfactoria línea de defensa.

—Todo va bien, querida —dijo—, todo va bien. Estás un poco excitada. Y todo por culpa de ese cochecito barato. Mañana vendrá un hombre con un sillón de ruedas, algo fuerte y resistente…

La señora Redwood se quedó mirándolo con los ojos llenos de lágrimas, por encima del pañuelo que tenía en la mano.

—¿Mi hijo en un sillón de ruedas? —preguntó.

—Bueno, ¿por qué no?

—Parecerá un inválido.

—Parecerá un gigante joven, querida, y no tienes ningún motivo para avergonzarte de él.

—Algo le has hecho, Dandy —dijo ella—. Te lo adivino en la cara.

—Bueno, sea lo que sea, no ha parado de crecer —dijo Redwood cruelmente.

—Ya lo sé —dijo la señora Redwood, haciendo una pelota con su pañuelo con una sola mano. Volvió a mirar a su marido, con un súbito cambio en su mirada, ahora severísima—. ¿Qué le has hecho a tu propio hijo, Dandy?

—Pero ¿qué le pasa?

—¡Es tan grande! Es un monstruo.

—Tonterías. Es un niño tan limpio y tan derecho como el que más. ¿Qué tiene de particular?

—Mira el tamaño que tiene.

—Pues está muy bien. ¡Mira a esos diminutos chavales que se ven alrededor! Él es el chico más guapo de todos…

—¡Es demasiado guapo!

—No seguirá creciendo así —dijo Redwood tranquilizándola—. Es sólo el empuje inicial.

Pero sabía perfectamente que el niño seguiría creciendo. Y así lo hizo. A los doce meses de edad tenía una talla de un metro con cuarenta y siete centímetros y pesaba cincuenta y seis kilos. Era tan grande, en realidad, como uno de los querubines de San Pietro del Vaticano, y sus afectuosos tirones a los cabellos y golpes a la cara de los visitantes dieron mucho que hablar en West Kensington. Para subirlo y bajarlo de su cuarto, lo llevaban en un sillón de inválido, y la niñera especial que tenía, una joven musculosa, recién salida de la escuela de enfermeras, solía llevarlo a tomar el aire en un cochecillo al que se había adaptado un motor Panhard de ocho caballos para poder subir las cuestas, especialmente requerido para sus necesidades. Fue una suerte, por todo concepto, que Redwood tuviese su trabajo pericial, además de la cátedra.

Una vez pasado el susto producido por el enorme tamaño del pequeño Redwood, se podía ver que era, según dicen las personas que solían verlo a diario zumbando despacio en su coche por Hyde Park, un niño singularmente bonito y avispado. Rara vez lloraba o necesitaba que alguien lo confortara. Generalmente llevaba un gran sonajero en la mano, y a veces se dedicaba a saludar a los conductores de autobús y a los policías con quienes se encontraba a lo largo de su paseo y al otro lado de las rejas del parque con unos «¡Dadda!» y «¡Babba!» muy sociales y democráticos.

—Ahí va ese niño tan grande del Alimento Estrella —solía decir el conductor del autobús.

—Se lo ve saludable —hacía observar el pasajero del asiento delantero.

—Criado con biberón —explicaba el conductor—. Con un biberón que, según dicen, es de cuatro litros y medio y tuvo que fabricarse especialmente para él.

—Pues está muy sano, muy sano —terminaría diciendo el pasajero de delante.

Cuando la señora Redwood se dio cuenta de que el crecimiento de su hijo iba prosiguiendo de un modo indefinido y, por otra parte, lógico —cosa que acaeció por primera vez al llegar el cochecillo con motor—, se abandonó a un arrebato de dolor, declarando que no quería entrar más en el cuarto de los niños, que querría estar muerta, que querría que el niño estuviese muerto, que querría no haberse casado con Redwood, que querría que nadie se casara con nadie, representó un poco el papel de Ajax, y se retiró a sus habitaciones, donde vivió casi de caldo de gallina durante tres días. Cuando se presentó Redwood para reconvenirla por su proceder, ella se puso a lanzar almohadas por todas partes, lloró y se mesó los cabellos.

—El niño está muy bien —dijo Redwood—. Cuanto mayor sea, tanto mejor. Tú no querrías verlo más pequeño que los hijos de los demás.

—Lo que quiero es que sea como los demás niños, ni mayor ni menor. Yo querría que él fuera un niñito precioso, lo mismo que Georgina Phyllis es una niña preciosa, y querría criarlo bien, de un modo normal, y ahí lo tienes —y la voz de la desdichada mujer se quebró— llevando unos zapatos enormes y paseándose en un coche con... ¡ay!... ¡gasolina!

«¡Nunca podré quererlo! ¡Nunca! ¡Es demasiado para mí! ¡Nunca podré ser una madre para él, tal como hubiera querido serlo!

Pero, por fin, consiguieron hacerla entrar en el cuarto de los niños, y allí estaba Edward Monson Redwood («Pantagruel» fue un mote que le pusieron más tarde) balanceándose en una mecedora especialmente reforzada, sonriendo y diciendo: «Guu» y «Uau». Y el corazón de la señora Redwood se dulcificó otra vez ante su hijo, y lo cogió en brazos y lloró.

—Te han hecho algo —sollozó—, y tú seguirás creciendo y creciendo, cariño mío, pero haré todo lo que esté en mi poder para criarte bien, diga lo que diga tu padre.

Y Redwood, que había ayudado a llevarla hasta la puerta, se fue por el pasillo, muy reconfortado.

(¡Ejem! ¡Es un mal asunto eso de ser hombre... siendo las mujeres como son!).

VI

Antes de finalizar el año, se vieron en el oeste de Londres varios cochecillos con motor, además del de Retwood. Según me dicen, llegaron a ser hasta once. Pero las más cuidadosas investigaciones tan sólo verídica evidencia de un total de seis, dentro del área metropolitana, en aquella época. Al parecer, el producto aquel obró de modo diferente según el tipo constitucional de cada cual. Al principio La Heracleoforbia no pudo prepararse en forma de inyecciones, y no hay duda de que existe una proporción considerable de personas incapaces de absorber esta sustancia en el curso normal de la digestión. Por ejemplo, fue administrada al niño menor de Winkles, pero, por lo visto, el niño fue tan incapaz de crecer como, si Redwood estaba en lo cierto, su padre era incapaz de aprender. Otros niños, además, según datos suministrados por la Sociedad para la Supresión Total del Alimento Estrella, quedaron, de un modo inexplicable, como corrompidos por el Alimento, y perecieron ya en un principio a causa de trastornos infantiles diversos. Los chicos de Cossar se lo tragaron con asombrosa avidez.

Naturalmente, una cosa de este tipo nunca puede aplicarse con absoluta simplicidad en la vida humana. El crecimiento, en particular, es algo muy complejo, y todas las generalizaciones tienen que ser, a la fuerza, algo imprecisas. Pero la ley general del Alimento fue, al parecer, la siguiente:

cuando podía ser absorbido en el interior del cuerpo, fuera del modo que fuese, lo estimulaba en la misma proporción aproximadamente en todos los casos. Incrementaba el crecimiento hasta sextuplicarlo o septuplicarlo, y no pasaba de ahí, cualquiera que fuese la cantidad de Alimento que se tomara después. En realidad, un exceso de Heracleoforbia superior al mínimo necesario conducía, según pudo observarse, a la producción de alteraciones patológicas de la nutrición, cáncer, tumores diversos, osificaciones y otras lindezas. Y una vez empezado el crecimiento en gran escala, se hizo evidente que sólo podía continuar en la misma escala, y que la administración continua de Heracleoforbia a dosis pequeñas, pero suficientes, era imperativa.

Si se la suprimía mientras duraba el crecimiento, se presentaba primero una vaga sensación de molestia y de inquietud, luego un período de voracidad —como en el caso de las jóvenes ratas de Hankey— y luego el sujeto en crecimiento presentaba cierta especie de anemia exagerada, enfermaba y moría. Las plantas sufrían efectos similares. Esto, sin embargo, se aplicaba sólo al período de crecimiento. Tan pronto como se alcanzaba la adolescencia —en las plantas representada por la formación de los primeros brotes florales —, el apetito y necesidad de Heracleoforbia disminuían, y tan pronto como la planta o el animal había llegado a la edad adulta, se hacía por completo independiente de cualquier provisión ulterior del Alimento. Quedaba, como si dijéramos, firmemente establecido en la nueva escala, firmemente establecido que, como los cardos de los alrededores de Hickleybrow y la hierba de la loma demostraban, las semillas producían retoños gigantes de la misma especie.

Y el pequeño Redwood, pionero de la nueva raza, primero de todos los niños que tomaron el Alimento, seguía arrastrándose por su cuarto, destrozando el mobiliario, mordiendo como un caballo, pellizcando como un depravado y vociferando pueriles silabeos a su «mamma» y a su asustado e intimidado «pappa», que era quien había puesto en marcha el desaguisado.

El niño había nacido lleno de buenas intenciones.

—Padda bueno, bueno —solía decir cuando veía pasar ante él la vajilla y otros artículos frágiles.

«Padda» era su equivalente de Pantagruel, mote que el mismo Redwood le había impuesto. Y Cossar, haciendo caso omiso de ciertas lumbreras que al poco tiempo causaron problemas, después de un conflicto con las autoridades locales y sus reglamentos de vivienda, edificó en un solar adyacente a la casa de Redwood una confortable y bien iluminada sala de recreo, a la par que escuela y dormitorio, para los cuatro chicos, sala cuya planta tenía la forma de un cuadrado de dieciocho metros de lado por doce de altura.

Redwood se enamoró de aquella sala para los niños, mientras él y Cossar la estaban edificando, y su interés en las curvas se desvaneció, como nunca hubiera ni soñado que pudiera desvanecerse, ante las urgentes necesidades de su hijo.

—Es muy importante —decía— esto de acomodar un cuarto para los niños…

«Las paredes, las cosas que hay en él, todo esto le hablará a esta nueva mentalidad creada por nosotros, con más o menos elocuencia, y le enseñará o dejará de enseñarle millares de cosas.

—Es obvio —decía Cossar apresurándose a coger su sombrero.

Los dos trabajaron juntos con toda armonía, pero Redwood fue quien suministró la mayor parte de las teorías educativas requeridas…

Hicieron pintar las paredes y los maderámenes con alegre vigor. En su mayor parte prevaleció un color blanco cálido, pero con franjas de colores brillantes para dar fuerza a las sencillas líneas de la construcción.

—Debemos tener colores limpios —dijo Redwood.

Y en determinado sitio puso una banda horizontal hecha con cuadrados, en los que los carmines y morados, anaranjados y amarillo limón, azules y verdes, de diversos matices y tonalidades, se hacían honor a sí mismos. Estos cuadrados debían ser arreglados y vueltos a arreglar por los niños gigantes combinando los colores a su placer.

—Después seguirá la decoración… —decía Redwood—. Dejemos que primero se percaten de la extensión de la escala cromática y luego ya prescindiremos de esto. No hay motivo alguno para que los coaccionemos en favor de un color o dibujo en particular.

Y luego continuó:

—Este sitio debe estar lleno de interés. El interés es el alimento del niño, y la falta de interés significa tortura y hambre. Debe haber cuadros en abundancia.

No se colocaron cuadros permanentes en la habitación, sino que se colgaron marcos vacíos en los que debían encuadrarse nuevas imágenes para quitar y poner, las cuales se quitarían, guardándolas en una carpeta, y sustituyéndolas por otras nuevas cuando el interés por las anteriores hubiese pasado. Había una ventana que daba a la calle, y además, para aumentar el interés, Redwood había amañado por encima del techo del cuarto de los niños una cámara oscura que enfocaba Kensington High Street y un buen trozo de los jardines de Kensington.

En un rincón, ese instrumento tan importante que se llama ábaco, de metro veinte de lado, pieza de hierro especialmente reforzada, con los ángulos redondeados, aguardaba las incipientes operaciones aritméticas de los jóvenes gigantes. Había pocos corderitos de lana y demás ídolos parecidos, y en su lugar, Cossar, sin dar explicaciones, trajo un buen día, en tres coches de alquiler, una gran cantidad de juguetes (todos ellos lo bastante grandes para que los futuros niños no pudieran tragárselos) que podían amontonarse, disponerse en hileras, rodar, morderse, ondear, sonar como una matraca, caérseles encima, tirar de ellos, abrirlos, cerrarlos, mutilarlos y hacer con ellos una serie de experimentos interminable. Había ladrillos de madera de diversos colores, oblongos y cuboideos, ladrillos de porcelana pulida, ladrillos de vidrio transparente y ladrillos de caucho tablas y pizarras; conos, conos truncados y cilindros; esferoides achatados y alargados por los polos; pelotas de varias sustancias, macizas y huecas; muchas cajas de diversos tamaños y formas, con tapas engoznadas, o atornilladas, o ajustadas, y dos o tres con cerradura o candado; tiras de goma y de cuero, y un buen número de objetos, todos del mismo tamaño, que podían tenerse en pie, dando la impresión de figuras humanas.

—Dele ésos —decía Cossar—. De uno en uno…

Estas cosas las puso Redwood en un armario preparado en un rincón. Adosado a una de las paredes de la sala, a una altura conveniente para un niño de dos metros de altura, había un encerado, en el que los muchachos podían lucirse con tizas blancas y coloradas, y cerca de allí una especie de bloque de dibujo del que se podía desprender hoja tras hoja y en el que se podía dibujar con carbón; y también había un pequeño pupitre, con grandes lápices de carpintero de variable dureza y una copiosa provisión de papel, en el que los muchachos podían primero garrapatear y luego dibujar más distintamente. Y, además, Redwood ordenó, tanto corría su imaginación, que le trajeran tubos de pintura líquida, especialmente grandes, y cajas de pasteles para cuando llegara el momento en que se necesitasen. También dejó allí un tonel de pluticina y de arcilla modelable.

—Al principio él y su maestro modelarán juntos —decía—, pero cuando el chico haya adquirido alguna habilidad haré que copie modelos y quizá animales. ¡Y ahora me acuerdo que también tengo que encargar que le hagan una caja de herramientas…! «Luego libros. Tendré que buscar un buen número de libros, y tendrán que ser con tipos de imprenta muy grandes. Pero ¿qué clase de libros va a necesitar? Habrá que alimentar su imaginación. Porque, esto es, desde luego, lo principal de la educación. Eso es la corona de toda educación, ya que los sanos hábitos de mente y conducta constituyen el trono. La carencia de imaginación equivale a brutalidad y una imaginación ruin equivale a lujuria y cobardía; en cambio, una imaginación noble es Dios andando de nuevo sobre la tierra. También debe soñar, a su debido tiempo, en un exquisito país de hadas y en todas las cosas curiosas y fantásticas de la vida. Pero debe alimentarse principalmente de la espléndida realidad. Tendrá que leer historias de viajes por todo el mundo, viajes y aventuras y relatos de cómo fue conquistado el mundo; también deberá tener historias de animales, grandes libros espléndida y claramente iluminados con bestias y pájaros y plantas y sabandijas, grandes libros que traten de las profundidades del firmamento y los misterios del mar; tendrá que leer historias y mapas de todos los imperios que ha visto el mundo, láminas e historias de todas las tribus, hábitos y costumbres de la humanidad. Y también tendrá que tener libros y láminas que inciten su sentido de la belleza, sutiles imágenes japonesas que le hagan amar las aún más sutiles bellezas del pájaro, del zarcillo, de la flor marchita, y reproducciones de pinturas occidentales también, imágenes de hombres y mujeres llenos de gracia, agradables grupos y amplios panoramas de mar y de tierra. También tendrá que tener libros sobre la construcción de casas y palacios, planeará habitaciones e inventará ciudades…

«Creo que deberé darle un pequeño teatro…

«Y, además, está la música…

Redwood reflexionó sobre aquello y decidió por fin que lo mejor sería que empezara con una armónica de una octava y de sonido puro. Más tarde podría haber una extensión a la octava.

—Primero tocará con ésta, cantando y solfeando, y así dará el nombre apropiado a las notas —dijo Redwood—, pero ¿y luego…?

Se quedó mirando al alféizar de la ventana, situada a un nivel más alto que su cabeza, y tomó la medida del tamaño de la sala con la mirada.

—Tendrán que construir el piano aquí dentro —dijo—, y traerlo desmontado.

Estuvo rondando por allí, en medio de todos sus preparativos, una figurilla pensativa y taciturna. Si le hubierais podido ver os habría parecido igual que un hombrecillo de veinticinco centímetros de estatura en medio de los objetos corrientes que se encuentran en los cuartos infantiles. Una gran manta —en verdad era una alfombra turca— de treinta y siete metros cuadrados de superficie, sobre la que el joven Redwood estaba destinado a arrastrarse muy pronto, se extendía hasta el radiador eléctrico que, protegido por un enrejado, tenía que calentar el lugar. Un individuo de Cossar estaba empinado en el andamiaje, colocando el gran marco que debía contener los grabados transitorios. Un libro de papel secante para ejemplares de plantas, grande como la puerta de una casa, estaba apoyado en la pared, y de entre sus páginas sobresalía un tallo gigante, el borde de una hoja y una flor de pamplina, también de tamaño gigantesco, de aquel desmesurado tamaño que poco después proporcionaría fama a Urshot en el mundo de la botánica.

A Redwood le sobrevino cierta sensación de incredulidad, mientras se hallaba entre todas estas cosas.

—Sí es que esto realmente va a seguir así... —dijo mirando hacia el remoto techo.

De muy lejos llegó un sonido igual que el mugido de un toro de Mafficking, como si fuera una respuesta.

—¡Ya lo creo que sigue! —dijo Redwood—. Evidentemente.

Lo que siguió fue una serie de resonantes golpes dados sobre una mesa y a continuación un grito que más bien parecía un graznido:

—¡Guuluu! ¡Buuuzuu! Pzz...

—Lo mejor que puedo hacer —dijo Redwood siguiendo una diferente línea de ideas—, es enseñarle yo mismo.

Los porrazos se hicieron más insistentes. Durante un momento le pareció a Redwood que habían alcanzado un ritmo del zumbido de una locomotora, la locomotora que él habría podido imaginar arrastrando el gran tren de los acontecimientos que se le echaba encima. Luego una serie descendente de golpes más secos rompió aquel efecto, y volvió a repetirse.

—¡Adelante! —exclamó al oír que alguien llamaba a la puerta.

Y la puerta, que era grande como la de una catedral, se entreabrió con lentitud. El nuevo malacate dejó de chirriar y Bensington apareció en la abertura, mirando con benevolencia por encima de sus gafas.

—Me aventuré a dar una vueltecita por ahí para ver —susurró de un modo confidencialmente furtivo.

—Pase —dijo Redwood, y así lo hizo Bensington, cerrando la puerta tras de sí.

Se adelantó con las manos a la espalda, se detuvo, volvió a avanzar unos pasos y escrutó con movimientos de pájaro las dimensiones del edificio donde se encontraba. Luego se frotó la barbilla, pensativo.

—Cada vez que vengo aquí —dijo con una nota amortiguada en el tono de su voz— me choca cada vez más una impresión: grande.

—Sí —convino Redwood inspeccionándolo todo de nuevo como si se esforzara en aprehender aquella impresión visible—. Sí. Es que ellos también serán muy grandes, ¿sabe usted?

—Lo sé —repuso Bensington con un tono que indicaba casi pavor—. Muy grandes.

Se miraron casi con aprensión.

—Muy grande —dijo Bensington frotándose el puente de la nariz con un ojo dubitativo fijo en Redwood. Esperaba alguna expresión confirmativa, y viendo que ésta no llegaba añadió—: Todos ellos, ¿sabe usted?, espantosamente grandes. No puedo imaginar… aun con esto… lo grandes que van a ser.

<h2 style="text-align:center">CAPÍTULO V</h2>

<h2 style="text-align:center">LA MUNIFICENCIA DEL SEÑOR BENSINGTON</h2>

I

Mientras la Real Comisión del Alimento Estrella estaba preparando su informe fue cuando la Heracleoforbia empezó a demostrar su capacidad de filtración. Y la precocidad de esta segunda irrupción fue tanto más desgraciada, desde el punto de vista de Cossar al menos, cuando que el informe previo, todavía existente, demuestra que la Comisión, bajo la tutela de su expertísimo miembro, el doctor Stephen Winkles (F. R. S., M. D., F. R. C. R, D. Se, J. R, D. L, etc.) ya había decidido que las filtraciones accidentales eran imposibles y se hallaba dispuesta a recomendar que se encargara la preparación del Alimento Estrella a un comité competente (Winkles, principalmente), que tendría el control absoluto de la venta del producto, lo cual sería plenamente suficiente para satisfacer todas las objeciones razonables que pudieran oponerse a su libre difusión. Este comité debería disfrutar de un monopolio total. Y, sin duda, hay que considerar como parte de las ironías de la vida el hecho de que la primera y más alarmante de esta segunda serie de filtraciones ocurriera a menos de cincuenta metros de distancia de un pequeño cottage en Keston, ocupada durante el verano por el propio doctor Winkles.

No cabe la menor duda de que la negativa de Redwood de hacer partícipe a Winkles de la composición de la Heracleoforbia IV había despertado en este caballero una novísima e intensa afición hacia la química analítica. Winkles no era un manipulador experto, y probablemente por este motivo consideró más apropiado trabajar, no en los laboratorios excelentemente equipados que se hallaban a su disposición en Londres, sino, sin consultar con nadie y con un aire casi de gran secreto, en un rudimentario laboratorio muy reducido que había instalado en el jardín de la quinta de Keston. No parece haber demostrado una gran habilidad en sus investigaciones. Por el contrario, puede deducirse que abandonó toda investigación después de trabajar intermitentemente durante un mes en este asunto.

Este laboratorio del jardín, donde realizó Winkles su trabajo, estaba muy someramente equipado, provisto de agua por una cañería vertical, y el agua residual se vertía en un sumidero que iba a parar a una balsa cenagosa bordeada de juncos, bajo un aliso, en un rincón aislado de los pastos comunales, por fuera del vallado de su jardín. La cañería estaba agrietada y el residuo del Alimento de los Dioses se escapaba por la grieta para ir a parar a una charca en medio de grupos de juncos. Esto sucedía al comienzo de la primavera.

Todo estaba en movimiento con la vida renovada en aquel pequeño rincón espumoso. Había huevas de rana a la deriva; trémulas de renacuajos que acababan de romper sus cubiertas gelatinosas; diminutas líneas arrastrándose hacia la vida, y debajo de la verde epidermis de los tallos de junco, las larvas del gran escarabajo de agua luchaban por salir del cascarón.

No sé si el lector conocerá la existencia de ese escarabajo llamado (ignoro por qué razón) Dytiscus. Es un insecto articulado muy raro, muy musculoso y de movimientos repentinos, que tiene la particularidad de nadar cabeza abajo, mientras la cola le sale por la superficie del agua. Tiene la longitud aproximada de la punta del dedo pulgar de un hombre, y algo más —unos cinco centímetros, es decir, para aquellos que no hayan comido el Alimento—, y además posee dos cortantes maxilares que se encuentran y se acoplan delante de la cabeza, unos maxilares tubulares, con puntitos agudos en sus bordes, por los cuales tiene la costumbre de chupar la sangre de sus víctimas...

Los primeros animales que entraron en contacto con los granos del Alimento a la deriva fueron los diminutos renacuajos y las líneas. Los renacuajos serpenteantes, en particular, cuando lo hubieron probado, lo buscaron con gran afición. Pero tan pronto como uno de ellos hubo desarrollado hasta alcanzar un tamaño sobresaliente en aquel pequeño mundo de renacuajos y hubo probado de zamparse uno o dos de sus hermanitos más pequeños, como suplemento a su dieta vegetariana, ¡zas!, una de las larvas de escarabajo se agarró a su corazón con sus curvados maxilares chupadores de sangre, y con la roja corriente entró la Heracleoforbia IV, en estado de solución, en el cuerpo de su nuevo cliente. Lo único que tenía algunas posibilidades de compartir el Alimento con esos monstruos eran los juncos, la viscosa espuma verde del agua y las tiernas algas del fondo de la ciénaga. Al limpiar finalmente el laboratorio, una nueva porción del Alimento desaguó en la poza, la cual, desbordándose, llevó toda esta siniestra expansión de la lucha por la vida a la charca adyacente, junto a las raíces del aliso...

La primera persona en descubrir lo que estaba ocurriendo fue un tal Lukey Carrington, profesor especial en Ciencias de la Junta de Educación de Londres y en sus ratos de ocio especialista en algas de agua dulce, y no hay que envidiarle por su descubrimiento. Había ido a pasar el día a Keston Common, a fin de llenar unos cuantos tubos con ejemplares para ulterior examen, y así llegó con una docena de tubos de cristal tapados con corchos, que tintineaban suavemente en su bolsillo, apareciendo primero en lo alto de la arenosa loma para descender hacia la charca, con el bastón herrado en la mano. Un muchacho jardinero, que se hallaba arriba, en los peldaños de la cocina, recortando el seto del doctor Winkles, lo vio en aquel rincón de mundo tan poco frecuentado, encontrándolo tanto a él como a su ocupación lo suficientemente inexplicables e interesantes para merecer una estrecha y atinada observación al asunto.

Vio como el señor Carrington se agachaba en la orilla de la charca apoyándose con la mano en el vetusto tronco del aliso y mirando el agua, pero claro está que no pudo apreciar la sorpresa y el placer con que contempló las grandes y extrañas burbujas y filamentos de las algosas heces en el fondo. No había renacuajos visibles —ya habían sido muertos todos por entonces—, y, según parece, no vio allí nada extraño aparte de una vegetación excesiva. Se remangó hasta el codo e, inclinándose, sumergió el brazo en busca de un ejemplar. Su inquisitiva mano fue hasta el fondo. Instantáneamente algo brilló saliendo de la fresca sombra debajo de las raíces del árbol…

¡Flash! El bicho aquél hincó sus mandíbulas profundamente en el brazo de Carrington… un animal de forma extraña, de más de treinta centímetros de largo, de color castaño y articulado como un escorpión.

Su feísima apariencia y el dolor agudo y sorprendente de su picadura fueron demasiado para el equilibrio de Carrington. Sintió que se iba a desvanecer, profirió un grito agudo y, ¡sptash!, cayó de boca en la charca.

El muchacho vio cómo desaparecía, y oyó el chapoteo y su lucha dentro del agua. El desdichado personaje surgió de nuevo en el campo visual del muchacho, sin sombrero, chorreando agua y chillando.

Nunca había oído el muchacho chillar a un hombre.

Aquel asombroso forastero pareció como si se estuviera arrancando algo de un lado del rostro, donde aparecieron unas estrías sangrientas. Braceó desesperadamente, dio saltos en el aire como si estuviera atacado de frenesí, echó a correr violentamente diez o doce metros y luego cayó, revolcándose en el suelo y desapareciendo de la vista del muchacho.

Éste bajó los peldaños y saltó por el seto, afortunadamente con las tijeras aún en la mano. Al pasar entre las plantas, rompiéndolas, dice que estuvo a punto de volverse atrás temiendo tenérselas que haber con un lunático, pero la posesión de las tijeras le dio confianza.

—En todo caso, hubiera podido pincharle los ojos —explicó.

En cuanto Carrington le echó la vista encima, su actitud se transformó inmediatamente en la de un hombre cuerdo, pero desesperado. Con grandes esfuerzos pudo ponerse de pie, tropezó, se irguió y se acercó al muchacho.

—¡Mira! —exclamó—. ¡No me las puedo quitar!

Y sintiendo un mareo ante aquel horror, el muchacho vio que, pegadas a la mejilla del hombre, a su brazo desnudo y a su muslo, y azotándole la carne furiosamente con sus ágiles y musculosos cuerpos de color castaño, había tres de aquellas horribles larvas, con sus grandes mandíbulas hincadas profundamente en la carne y chupando con ahínco. Estaban allí agarradas como bulldogs y los esfuerzos de Carrington para desprender aquel monstruo de su cara sólo habían servido para lacerar la carne donde se había agarrado, haciendo chorrear un vivido escarlata por el rostro, el cuello y la chaqueta.

—Se los voy a cortar, señor —exclamó el muchacho—. Aguante un poco.

Y con la afición de los de su edad para tales procedimientos, cercenó una por una las cabezas de los atacantes de Carrington.

—¡Yap! —iba diciendo el muchacho cada vez que caía una de las cabezas.

Así y todo, se habían agarrado con tanta fuerza y determinación, que las cabezas, incluso cercenadas, quedaron aún durante algún tiempo mordiendo fieramente la carne y chupando una sangre que se les escurría por el corte del cuello. Pero el muchacho dio fin a eso con unos cuantos tijeretazos más… en uno de los cuales, por cierto, resultó lesionado el propio Carrington.

—¡No podía quitármelas! —repitió Carrington.

Y durante un buen rato permaneció tambaleándose y sangrando con profusión.

Se tocó las heridas con manos débiles y examinó el resultado en las palmas. Luego se le doblaron las piernas y cayó desvanecido a los pies del muchacho y entre los cuerpos aun coleantes de sus descalabrados enemigos. Afortunadamente, no se le ocurrió al muchacho la idea de rociarle la cara con agua —aún quedaban unos cuantos más de aquellos horribles bichos debajo de las raíces del aliso— sino que dio la vuelta a la charca y se introdujo en el jardín con la intención de pedir auxilio. Allí encontró al jardinero, que también hacía las veces de cochero, y le relató lo sucedido.

Cuando volvieron donde se hallaba Carrington, éste ya se había incorporado y se hallaba sentado en el suelo, débil y aturdido, pero en condiciones de advertirles del peligro de la charca.

II

Éstas fueron las circunstancias por las que el mundo tuvo la primera notificación de que el Alimento estaba libre otra vez. Al cabo de una semana, Keston Common se hallaba en el estado operativo que los naturalistas llaman centro de distribución. Esta vez no había avispas ni ratones, ni tijeretas, ni ortigas, pero había al menos tres esquilas, varias larvas de libélula que al poco tiempo se transformaron en libélulas, deslumbrando a todo el Kent con sus planeantes cuerpos de zafiro, y una asquerosa vegetación espumeante y gelatinosa que, rebosando los bordes de la ciénaga, enviaba sus viscosas masas verdes y ondulantes por el sendero que iba a la casa del doctor Winkles, hasta mitad del trayecto. Y empezó también un crecimiento exagerado de juncos y equisetum y de potamogetón, que sólo tubo fin con la desecación de la charca.

Rápidamente se hizo evidente a la mentalidad pública que esta vez no había simplemente un centro único de distribución, sino bastantes. Uno de éstos se hallaba en Ealing, y no cabía la menor duda de que fue de ahí de donde vino la plaga de moscas y ácaros rojos. Otro se hallaba en Sunbury, productor de grandes anguilas ferocísimas, que salían del agua y llegaban a matar ovejas. Y también había otro en Bloomsbury, el cual gratificó al mundo con una nueva raza de cucarachas de una especie terrible, procedentes de un viejo caserón habitado por varias cosas indeseables. Bruscamente el mundo se encontró de nuevo arrostrando las aventuras de Hickleybrow, con toda clase de estrambóticas exageraciones de monstruos domésticos en vez de las gallinas, ratas y avispas gigantes. Cada centro estalló con sus características flora y fauna locales.

Sabemos ahora que cada uno de estos centros correspondía a sendos pacientes del doctor Winkles, pero esto no se hizo evidente por entonces. El doctor Winkles fue la última persona en incurrir en la reprobación general a causa de aquello. Hubo un enorme pánico, cosa muy natural, y se produjo una indignación apasionada, no contra el doctor Winkles, sino contra el Alimento, y hasta no tanto contra el Alimento como contra el infortunado Bensington, a quien ya desde el principio la imaginación popular había insistido en considerar como la sola y única persona responsable de este nuevo producto.

El intento de lincharle que se produjo a continuación es uno de esos hechos explosivos que abultan en la historia, pero que, en realidad, constituyen el menos significativo de los sucesos.

La historia del tumulto es un misterio. El núcleo principal de la multitud procedía ciertamente de un mitin Antialimento-Estrella que había tenido lugar en Hyde Park, organizado por los extremistas del partido de Caterham, pero no parece que haya habido nadie en el mundo que propusiera, ni nadie que insinuara, la sugerencia del atropello al que asistieron tantas personas. Constituye un problema para el señor Gustave le Bon, un misterio en la psicología de las multitudes. De los hechos acaecidos se desprende que, cerca de las tres de la tarde de un domingo, una bastante grande y enloquecida multitud londinense, completamente desmandada, irrumpió Thursday Street abajo con la intención de dar a Bensington una muerte ejemplar como advertencia a todos los investigadores científicos, y que estuvo más cerca de realizar sus propósitos que ninguna otra multitud londinense lo había estado desde que fueron arrancadas las rejas de Hyde Park a mediados de la remota época victoriana. Esta multitud llegó tan cerca, en verdad, de llevar a término sus propósitos, que por espacio de una hora o un poco más una sola palabra habría sellado el destino del infortunado caballero.

La primera noticia que Bensington tuvo de aquello fue el rumor de la gente en el exterior. Se acercó a la ventana a mirar, sin darse cuenta de lo que era inminente. Durante un minuto acaso estuvo contemplando aquel hervidero en la entrada de su casa, viendo cómo se deshacían de una docena de ineficaces policías que intentaron cortarles el paso, antes de darse cuenta cabal de su importancia en el asunto. De repente, comprendió que aquella muchedumbre aulladora y ondeante iba en su busca. Se encontraba solo en el piso —afortunadamente, quizá—, ya que su prima Jane había ido a Ealing a tomar el té con una parienta suya por parte de madre, y el pobre Bensington no tenía más idea de cómo debía comportarse en aquellas circunstancias con las reglas de etiqueta del día del Juicio Final. Iba desesperadamente de un lado a otro del piso, preguntando a sus muebles qué tenía que hacer, dando vuelta a las llaves en las cerraduras para volverla a dar en seguida al revés, precipitándose hacia las puertas, las ventanas, el dormitorio… cuando entró el portero.

—No hay momento que perder, señor —le dijo—. ¡Saben el número de su habitación porque lo han leído en el tablero del vestíbulo! ¡Y vienen hacia aquí directamente!

Hizo salir corriendo a Bensington al pasillo, donde ya se percibían los ecos del gran tumulto procedente de la escalera principal, cerró la puerta a sus espaldas y lo hizo entrar en el piso de enfrente por medio de su llave duplicada.

—Es nuestra única oportunidad —dijo.

Abrió de par en par la ventana, que daba a un pozo de ventilación, desde donde se veía que en la pared se habían fijado unas planchas de hierro que constituían la más rudimentaria y peligrosa de las escaleras de escape en caso de incendio, desde los pisos superiores. El portero empujó a Bensington fuera de la ventana, le enseñó cómo debía agarrarse para no caer y salió tras él, escalera arriba, acuciándolo y atizándolo en las piernas con el llavero cuando intentaba desistir de aquella ascensión. A veces, parecía a Bensington que se vería obligado a trepar por aquella escalera vertical interminablemente. Encima de él, el parapeto parecía inaccesible, remoto, a un kilómetro de distancia. Debajo… Procuró no pensar en lo que había debajo.

—¡Alto! —gritó el portero agarrándole el tobillo.

Era horrible sentirse el tobillo agarrado de aquel modo, y Bensington se asió firmemente a la plancha de hierro de más arriba, cogiéndose a ella con desesperación, y profirió un ahogado chillido de terror.

Era evidente que el portero había roto el cristal de una ventana, y luego pareció que había saltado de lado a gran distancia hacia un costado; en seguida se oyó el ruido de una ventana que se abría. El portero le estaba diciendo a gritos cosas que él no comprendía.

Bensington volvió la cabeza hasta que pudo ver al portero.

—Baje seis peldaños —ordenó el buen hombre.

Todas aquellas idas y venidas parecían solemnes tonterías, pero, de todos modos, con muchísimas precauciones, Bensington bajó un peldaño.

—¡No me estire! —gritó al ver que el portero se disponía a ayudarlo desde la ventana abierta.

Le pareció que llegar a la ventana desde la escalera sería una hazaña respetable para un murciélago, y fue con la idea de efectuar un suicidio decente más que con la de alcanzar la meta, que por fin se decidió a dar aquel paso. El portero, sin ningún cumplido, lo metió dentro.

—Tendrá usted que quedarse —dijo—. Mis llaves no funcionan aquí. Es una cerradura americana. Voy a salir a ver si encuentro al inquilino de este piso. Usted se quedará aquí encerrado. No se acerque a la ventana, eso es todo. Es la muchedumbre más horrible que he visto en mi vida. Si creen que está usted ausente, probablemente se contentarán con destruir su producto…

—El indicador decía «Está en casa» gimió Bensington.

—¡Al demonio el indicador! Mejor que no me encuentren…

Y desapareció dando un portazo.

Bensington volvió a quedarse solo con sus iniciativas.

Y se metió debajo de la cama. Allí fue donde lo encontró Cossar.

Bensington estaba casi en coma de terror cuando fue descubierto, porque Cossar derribó la puerta con los hombros, habiendo tomado impulso desde la pared de enfrente del pasillo.

—Salga de aquí, Bensington —dijo—. Todo va bien. Soy yo… Tenemos que salir de aquí. Están incendiando el edificio. Los porteros huyen. Los criados ya se han ido. Por fortuna di con el único hombre que sabía dónde estaba usted… ¡Mire!

Bensington, atisbando desde debajo de la cama, se dio cuenta de que Cossar llevaba en el brazo unas ropas incomprensibles, y, aunque parezca increíble, ¡un gorro negro de mujer en la mano!

—Están desembarazándose de todos los obstáculos —dijo Cossar—. Si no incendian el edificio, vendrán hasta aquí. Las tropas no llegarán a lo mejor hasta dentro de una hora. El cincuenta por ciento de los manifestantes son malvivientes, y en cuantos pisos penetren tanto más les va a gustar. Evidentemente… Quieren limpiarlo todo. Usted póngase estas faldas y este gorrito, Bensington, y larguémonos.

—¿Quiere usted decir…? —empezó a decir Bensington sacando la cabeza como una tortuga.

—¡Póngase esto y venga…! ¡Ya!

Y con súbita vehemencia, arrastrando a Bensington fuera de la cama, empezó a disfrazarlo de anciana mujer de pueblo.

Le arremangó los pantalones y le hizo quitarse las chinelas; le quitó él mismo el cuello, la corbata, la chaqueta y el chaleco, le pasó una blusa negra por la cabeza, le puso un corpiño de lanilla roja y un jubón por encima. Hizo que se quitara los lentes, demasiado característicos, y le aplicó de un golpe el gorrito en la cabeza.

—Podría ser usted una vieja de nacimiento —dijo mientras le ataba las cintas.

Luego le hizo ponerse las botas con cierre elástico —terrible tortura para los callos— y el chal, y el disfraz fue completo.

—Camine de un lado para otro —dijo Cossar.

Bensington obedeció.

—Está bien —añadió Cossar.

Y de esta forma fue cómo, tropezando con torpeza con sus desacostumbradas faldas, gritando imprecaciones mujeriles con una fantástica voz de falsete para mantener su papel y acompañado de la rugiente nota de una muchedumbre que se proponía nada menos que lincharle, el auténtico descubridor de la Heracleoforbia IV procedió a huir por el pasillo de Chesterfield Mansions, mezclado con aquella multitud desordenada e inflamada, y así salió de la cadena de acontecimientos que constituye nuestra historia.

Después de aquella huida, ni una sola vez volvió a mezclarse en el estupendo proceso de desarrollo del Alimento de los Dioses el hombre que más había hecho por su descubrimiento.

El hombrecillo que puso en marcha todo este negocio desaparece de la historia, y al cabo de un cierto tiempo se desvanece enteramente del mundo de las cosas visibles y explicables. Pero como que fue él quien dio origen a todo lo que relatamos, será decoroso intercalar a su salida una página de atención. Podrá ser presentado, en sus últimos días, tal como la población de Tunbridge Wells lo conoció. Porque fue en Tunbridge Wells donde reapareció después de un oscurecimiento temporal, tan pronto como se dio cuenta cabal de lo transitorio, de lo absolutamente excepcional y carente de significado de aquella furia del tumulto. Reapareció bajo las alas de la prima Jane, tratándose a sí mismo por el descalabro nervioso sufrido, con exclusión de cualquier otro interés, y permaneciendo totalmente indiferente, según parece, a las batallas que hacían furor entonces alrededor de aquellos nuevos centros de distribución y alrededor de los Niños del Alimento. Bensington sentó sus reales en el hotel hidroterapéutico Mount Glory, donde se dan extraordinarias facilidades para toda clase de baños: carbonatados, creosotados, tratamiento galvánico y farádico, masaje, baños de pino, almidón y pinabete, baños de radium, luz, calor, salvado y hojas de abeto, baños de brea… toda clase de baños, y se dedicó por entero al desarrollo de este sistema de tratamiento curativo que quedó aún imperfecto a su muerte. A veces montaba en un vehículo de alquiler, bien abrigado dentro de su chaqueta de piel de foca, y otras veces, cuando sus pies se lo permitían, echaba a andar hasta el manantial, donde sorbía el agua ferruginosa bajo la mirada de su prima Jane.

Sus hombros encorvados, su rosada apariencia, sus brillantes gafas, llegaron a ser una «característica» de Tunbridge Wells. Nadie se mostró descortés con él en absoluto. Por el contrario, tanto el lugar aquél como el hotel parecieron estar muy complacidos de contar con su presencia. Nada podía evitarle ya aquella distinción. Y aunque prefería no seguir el desarrollo de su gran invento en los periódicos, cuando atravesaba el salón de descanso del hotel o se dirigían al manantial y oía cómo susurraban: «¡Ahí viene! ¡Es éste!», no era precisamente desagrado lo que ablandaba el rictus de su boca y hacía relucir un momento sus ojos.

¡Aquella figurilla, aquella diminuta figurilla, había lanzado el Alimento de los Dioses sobre el mundo! No se puede saber qué es lo más asombroso de esos hombres científicos y fisiólogos si su grandeza o su pequeñez. Podéis imaginároslo allí, en el manantial, embutido en el abrigo forrado de pieles. Está de pie, bajo aquella ventana de porcelana donde brota el chorro de agua mineral, bebiendo pequeños sorbos de agua ferruginosa del vaso que sostiene en la mano. Un ojo, por encima de la montura de oro, está fijo, con expresión de inescrutable severidad, en la prima Jane.

—¡Bah! —dice cada vez que toma un sorbo.

Así componemos nuestro recuerdo, así enfocamos y fotografiamos a nuestro descubridor por última vez, y así le dejamos, como un simple punto en nuestro primer término, pasando a considerar aquella otra imagen mucho mayor que se ha desarrollado a su lado, la historia de su Alimento, cómo los dispersos Niños Gigantes fueron creciendo día por día dentro de un mundo demasiado pequeño para ellos y cómo la red de leyes sobre el Alimento Estrella y de convenciones sobre el Alimento Estrella, que la Comisión del Alimento Estrella estaba tejiendo ya por entonces, se fue cerrando más y más alrededor de ella, a cada año de su crecimiento. Hasta que…